残り全部バケーション

伊坂幸太郎

集英社文庫

目次

Illustration : Jin Kitamura

残り全部バケーション

第一章　残り全部バケーション

家族

「実はお父さん、浮気をしていました」と食卓で、わたしと向かい合っている父が言った。桜の木を折りました！　と告白する少年さながらの爽やかさだ。「相手は、会社の事務職の子で、二十九歳の独身です」

父の荷物を運び出す引っ越し業者は午後の二時に来る。

部屋の隅に段ボール箱が重なっていた。ダイニングの食卓に着き、左隣に母が、正面には父がいる。いつもの並びではあるが、その、「いつもの」は、あと一時間で終わりを迎える。

マンションの十五階、父たちが購入した十七年前、つまりわたしが生まれる直前の頃には、このあたりで一番高層で、値段の割には部屋数も多く、日当たりも良く、いいことだらけの物件だったらしいが、今となっては壁の汚れが目立ち、窓の向こうに建ったマンションのせいで陰ることも多く、いい点を探すほうが難しい状態だ。

「それさあ」わたしはげんなりしつつ、頰を掻《か》く。「そんな浮気の話、秘密でもなんでもないじゃん。誰のせいで引っ越すことになったと思ってるわけ」

家族三人のうち誰か一人が住むにはこのマンションは広かった。値段の割に部屋数が多い、という点が裏目に出た形だ。だから売り払う。


引っ越しの準備が終わり、業者を待つのに時間を持て余したため、「どうせ今日で早《はや》坂《さか》家は解散なのだから、その前に一人ずつ、秘密の暴露をしあおうじゃない」と言い出したのは母だった。

「そう言われてもなあ」父はほとんど坊主頭と言ってよい短髪だ。頭髪が薄くなるのを隠すよりは全て刈ったほうが潔いだろう、という発想で丸刈りにしたらしい。ふっくらと弛《たる》んだ腹はだらしなく、顔には染みがあり、四十半ばの情けなさの集合体、としか見えない。

「秘密なんて、その浮気のことくらいしかないんだよ」と父は言う。

「何か一個、思い出してよ」母は薄《う》っすらと笑みを湛《たた》え、「じゃあ、沙希《さき》の番」とこちらを向いた。「家族には秘密だったこと、何かあるでしょ」

「面倒《めんどくさ》臭いなあ」わたしは携帯電話を触った。大事な家族の団欒《だんらん》中に携帯電話なんていじくるなよ、と父が言うが、無視した。「なら、あれ。半年前、夏休みに一泊で海に行ったでしょ。あれ、美佳《みか》たちと行ったって言ったけど、本当はぜんぜん違うから。男の子と一緒でしたあ」

携帯電話が短く軽快なメロディを鳴らした。タイミングがいいことに、その、一泊旅行の相手であった古田健斗《ふるたけんと》からのメールだ。食卓の上で携帯電話を操作する。『暇。これからどっか行かね？』とあった。素早く返信を打つ。いつもならば一も二もなく、『行く』と応えるところだったが、『今、最後の家族会議中だから、あとでー』と返事を送った。

「それは駄目」母の声に、わたしは携帯電話を折り畳み、顔を上げた。「駄目って何が」

「だって、それ、秘密じゃないから。お母さん、知ってたし。一泊旅行、古田君でしょ」

「だよな。古田だろ。一回、お父さん、家の前で会った」父も言った。

母には彼の名前を教えてあったが、父には言った覚えがなく、だから父が偉そうに呼び捨てにしてきたことに動揺し、動揺以上に腹が立った。「むかつくなあ」

「わたしの知らない、沙希の秘密を教えてよ。最後くらい」母は今年で四十五歳だ。皺《しわ》が増え、肌はお世辞にも綺麗《きれい》とは言いがたく、腰まわりの贅肉《ぜいにく》も目立ち、お洒落《しゃれ》でもなかったが、穏やかな上に清潔感があり、そのせいか品のある老女にも、あどけない少女にも見える。

「最後ってさ、別に、わたしだって高校の寮に入るだけなんだし、お母さんとはいつでも会えるよ」

「そうだよな、会おうと思えば会えるよなあ」父が明らかに便乗し、縋《すが》るように言ってきたのですぐさま、「あんたとは最後だっての」と釘《くぎ》を刺す。「というかさ、お母さんの引っ越し先、教えてよ」

「そのうちね。携帯電話があるから連絡はつくしね」離婚が決まった後、母の行動は素早かった。あっという間に自分の引っ越し先を決め、業者の手配をし、しかもわたしたちにはその場所は内緒にしていた。父が、「お父さんはこのアパートで一人暮らしをするからな。いつでも立ち寄ってくれよ」と手書きの、必要以上に丁寧な地図を寄越《よこ》してきたのとは対照的だった。

「お」と突然、父が不意打ちを食らったかのような声を発した。何事かと思えば、食卓の上で震える電話を凝視している。どういうわけか父はずいぶん昔から、携帯電話ではなくＰＨＳを使っていた。おそらくは値段が安いからであるとか、浮気相手の女がＰＨＳを使っていたからであるとか、そういったどうでもいい理由からではないだろうか。

「メールだ」

「浮気相手の人から?」わたしは分かりやすい嫌味を投げる。

「違うって」父は寂しげな表情を浮かべた。「何だこれ。アドレスがないぞ、ああ、電話番号でやり取りするメールかあ」などとぶつぶつ言う。

「団欒中に携帯電話なんていじらないでよ」

「これは携帯電話じゃない。PHSだ」父は小学生並みのそんな抗弁をしつつも、メールの文面を読んでいる。

「何のメール?」と訊《たず》ねてあげる母は優しい、とわたしは思う。

どれ、とわたしは身を乗り出し、向かい側の父からPHSを引ったくった。液晶画面に、メールの文面があった。

『適番でメールしてみました。友達になろうよ。ドライブとか食事とか』

よくあるやつじゃん、とわたしは鼻で笑った。

「適番って何だ?」

「適当な番号ってことでしょ。適当に番号並べて、送ったんだよ。この発信番号って、知ってる番号?」送り主の電話番号も記録に残っている。

「知らない知らない」当然ながら父は首を振る。「それって、よくある出会い系サイトとかそういうやつなのか?　迷惑メールとかいう」

わたしはわざと、汚いものを摘《つま》むような恰好《かっこう》で、PHSを父に戻した。

「スパムメールってたぶん、サイトに誘導しようとするんだろうけど、これは違うよね。本当にナンパ目的なのかもしれないけど、でも、怪しいのは間違いないよ」書いてある内容からすれば、明らかに、男が女を誘うためのメールだろう。それがこの冴《さ》えない上に家庭を失った中年男の番号に届いてしまうのだから、発信した男もよくよくついてねえなあ、とわたしは同情したくなった。「無視しておけば問題ないって」

父はじっと文面を眺めている。

「ちょっと聞いてる？　無視だよ、無視」

ああ、と生返事がある。

呆《あき》れて母を見ると、彼女は怒るでもなく、微笑《ほほえ》むでもなく、静かに自分の夫を、離婚届はすでに提出済みだから元夫と言うべきかもしれないが、とにかく二十年近く一緒に生活してきた男を眺めている。

「あのさ」やがて、父がぼそっと言った。

「何なの」わたしは苛々《いらいら》した声を出す。

「お父さん、友達欲しいんだよな」

「はあ？」

「これ、返事していいかなあ」ぼんやりと独り言のように洩《も》らす父はPHSを見つめたままだ。

「返事？　馬鹿じゃないの？　そいつ、どっかの若い男に決まってるじゃん。あんたみたいなおやじと友達になりたくないって」

「ドライブ連れてってくれるらしいぞ」

「ナンパ目的だっての」わたしは鼻息を荒くして、指摘する。父の声や反応がどことなく真剣に思え、本気ではあるまいな、と怖くなったのだ。

「返事していいかな」

「馬鹿じゃないの」

「いいんじゃない？」母がそこで笑った。

「何言ってんの、お母さん」

母はそこで立ち上がった。キッチンへ姿を消したかと思うと布巾を持って現われ、食卓の上を綺麗に拭きはじめる。冷蔵庫も処分し、テレビも売り払った今、それだけが唯一の家具だった。

「じゃあさ」母は、父のそばを拭きつつ、言った。「返信して、訊《き》いてみてよ」

「え、何を？」父はすでに、電話機のボタンを必死に押し、返事を打ち込んでいる。

「ドライブの車って何人乗りか、訊いてみて」

「何だよそれ」父が指の動きを止めた。

「あと、食事も、できれば中華じゃないほうがいいよね。沙希、脂っぽいの食べるとアトピー出ちゃうし」

「何それ」わたしは、母の発言の真意が分からず、眉をひそめる。「どういうこと」

「おいおい」と父が困惑しつつ、言う。「みんなで行く気かよ！」

母は、当たり前、と言わんばかりに無言で微笑んでいる。

「無理だって、そんなの」とわたしは吐き捨て、父は父で、「俺の友達なのに！」と大声で嘆いた。

若い男

よしやるか、と運転席の溝口《みぞぐち》さんが言ってきた。俺は助手席で、シートベルトがしっかり固定されていることを改めて確認する。車はエンジンブレーキがかかり、徐々に速度が落ちている。溝口さんは、慣れたものだ。細い一本道で、後続車は、のろのろ進むこちらの車に明らかに苛立っており、追い越すタイミングを窺《うかが》い、ふらふらしている。サイドミラーに映る様子で、手に取るように分かる。俺たちの走る車線ががらんとしているのとは反対に、対向車線は車通りが激しいため、車線を飛び出すタイミングが見つからないのだろう。

溝口さんはバックミラーを何度も見やる。左手はハンドブレーキをつかんでいた。そして、引いた。

俺たちの車が高い音を発し、停車する。と同時に、背中から突かれるような衝撃があった。車体の後ろが凹《へこ》む音がする。いつも通りだ。身体《からだ》が揺れる。車が甲高い音を立て、止まる。その途端、周囲が静まり返る。俺は体勢を立て直すと助手席のドアを開け、飛び出した。

後ろからぶつかってきたのは、白の高級国産車だった。

降りろよ、と俺は運転席の窓を叩《たた》く。

運転手は突然の衝突に茫然《ぼうぜん》としていた。四十代半ばの髭《ひげ》をたくわえた男だった。なんだか気障《きざ》な奴《やつ》だな、と思った。中年男がサスペンダーをしていて、似合っているところなど見たことがなかったが、この男は意外に似合っていた。いったい何の仕事をしているのか、俺には分からない。その、中年の気障男は目を丸くし、ぽかんと口を開けている。普段は、キャバクラだとか高級な飲み屋で女相手に、気取った台詞《せりふ》を吐いているのかもしれない。

窓を叩く。そのうち、自動で窓が下がり出す。

「あんた、うちの車に何突《つ》っ込んでんだよ」俺は威勢が良い。

「違う。ブレーキランプが点かなかったから、止まると思わなかったんだ」と男は顔を引き攣《ひ》《つ》らせながらも、弁解してきた。

「何だよ、ブレーキランプって。いいから降りろよ。俺たちの車のランプが壊れてるっつうのかよ。整備不良、疑ってる？」こっちはハンドブレーキで止まったのだから、ランプが点くはずがなかった。

「そうじゃない」平常心を失っている運転手は渋々ながらも、降りてくる。

「ああ、あんた、よくぶつけてくれたなあ」と溝口さんが隣に近づいてきた。ぱっと見は細い体型をしており、人相は悪いものの、どこかの会社員のようにも見えるが、十代の頃からレスリングをやってきたというだけあって、実は筋肉が引き締まっている。自分より体の大きい男を、えげつない関節技で痛めつける場面を俺は何度か見たことがある。顔に至っては、目がとにかく鋭く、相手を呑《の》み込むかのような迫力があった。眉をひそめるだけで子供が泣くのも、俺には見慣れた光景であるし、大人もたいがい涙目になる。「頼むぜ。車間距離ちゃんと取っておけよ。いいか、距離感なんだよ、人生は」

「どうしてくれるんだ」俺は乱暴にまくし立てる。このあたりはいつもの台詞であるから、意識せずとも声が出る。

「保険会社の担当者と喋《しゃべ》ってほしいんだけれど」気障男は明らかに、混乱している状態に見えたが、まずは警察を呼ぼうと主張した。そして、賠償に関しては保険会社を通せ、とも言う。

面倒臭いな、と思った。俺が苛立つくらいであるから、溝口さんはもっと苛立っているはずだ。

「あんたな、俺たちのことをどれだけ暇人だと思ってるんだ？　暇じゃねえんだよ。用事があるんだ。警察呼んで、事故の確認なんてしてられるか？　おまけに、保険の担当者と喋れ？　他人が、自分と同じように暇だと思うんじゃねえぞ。俺たちが暇人に見えるか？　俺たちは刻んでるんだよ」

「え？」男が聞き返してくるため、俺はすぐに、「分に決まってるだろ。分刻みってことだよ。俺たちは分刻みの仕事をしてるんだ」と言い足す。

「とりあえず、免許証出せよ」溝口さんが低い声を出した。

俺は手のひらを上にし、「はい、出して」と催促する。気障男は、うっ、と一瞬声を詰まらせ、どうにか気の利いた言い訳を探そうとしていた。「はい、出して」ともう一度、手を出す。しばらくすると、免許証が現われる。俺はポケットからデジタルカメラを取り出して、それを撮影する。住所と名前、顔が写るようにと角度を決める。「丸尾《まるお》仁徳《じんとく》」と名前がある。

「何か、尻尾《しっぽ》を丸めて、逃げちゃいそうな名前だな」俺が言うと、横から顔を寄せてきた溝口さんは、「仁徳ってのは、人のことを慈しむことだろ。他人の車、壊しちゃ駄目だろうに」と口にする。「修理費とか分かったら電話するから、番号教えろよ」

相手はすでに言いなりだ。俺の出した手帳に携帯電話の番号を書きはじめる。俺はすぐさま自分の電話を使い、その番号を押す。気障男のポケットで着信のメロディが鳴る。でたらめの番号ではないらしい。気障男はかなり、しゅんとなっていた。

二時間後、俺は、ある古い住宅街の公園の砂場で、幼児と一緒にいた。三歳なのか四歳なのかも知らない。初対面で、名前も聞いていなかった。ただ、彼がたびたび、「シン君はねえ、これ使うから」などと一人称代わりに「シン君」と言っているので、おそらくはシン君なのだろう。

プラスチックの小さなシャベルや鍬《くわ》を使い、砂をほじくる。山を作って、二人でトンネルを掘り、穴の中で握手をする。シン君は、「くすぐったいよお」と訴えつつも笑っていた。

遊んでから十五分くらい経《た》った頃だろうか、公園の敷地の入り口付近に、女がいた。髪は短く、ニットのセーターを着ている。一見、若そうだったが四十は過ぎているのかもしれない。俺たちのほうを見て、両手で口を押さえ、顔面蒼白《そうはく》になっている。「ほら、シン君、ママじゃない？」俺は、砂遊びに夢中の彼の肩を軽く叩いた。彼はバネ仕掛けさながらに、ぱっと頭を上げ、すぐに母親の姿を発見し、手を振った。「ママー」と無邪気に声を上げている。そしてまた砂山を作りはじめる。

いつの間にか、溝口さんがシン君の母親の隣に立っていた。俺たちのほうを向きながら、何か喋っている。もちろん声は聞こえないが、内容なら想像できた。

「シン君、可愛《かわい》いですよね。ほら、あそこにいるのは私の部下なんですよ。ああやって、砂場で遊ぶように指示を出したから、仲良くやってますけど、でも、違う指示を出したら、そりゃ違う行動を取りますよ。もちろん、彼に違う指示なんて出したくないんです。だって、シン君、可愛いじゃないですか。ですから、これは本当に、お願いになってしまうんですが、例の件はこれ以上、追及しないでいただけないでしょうか」

俺は、あの女が誰なのかは分からない。「例の件はこれ以上、追及しないでいただけないでしょうか」の部分は、彼女が何かの記者だった場合のパターンだ。何の記者かは分からない。何かの、記者だ。相手が政治家の場合でも、似たような台詞になるはずだ。たぶん、彼女がどこかの土地所有者であれば、最後の脅し文句は、「例の土地の売却の件、前向きに考えていただけないでしょうか」になる。

女性は口に手を当てたまま、突っ立っている。どんな気分でいるのか、俺には想像できない。

「できたよ、お兄ちゃん」とシン君が言ってくる。可愛らしい砂の山ができていた。

「おお、すげえじゃん、やるなあシン君」

溝口さんが指をくいくいと動かすのが目に入る。俺はうなずき、シン君へ簡単な挨拶をするとその場を後にした。

さらに一時間後、俺は、溝口さんと一緒にファミリーレストランにいた。窓際の広いテーブルだ。店内は空《す》いていて、ウェイトレスも手持ち無沙汰《ぶさた》の様子だった。

「俺たち、働き者だよな」カレーライスをスプーンで掬《すく》い、ほいほいと口の中に放り込みながら溝口さんが言う。「朝からもう二件も仕事をこなしてるしな」

「中年の気障男から金を獲《と》ってくれ」という依頼と「シン君の母親に脅しをかけてくれ」という依頼を立て続けにこなし、溝口さんは機嫌が良かった。

「ちょうど近い区域での仕事だったんですね」

「効率いいよな。ラッキーだ」

「ですね」

「いつもこういうんだったら助かるけどな」

「あれで、だいたい、いくらくらいの仕事なんですか」俺は皿に残った細いパスタを指で摘んで、口に入れた。

「いつもとそんなに変わらねえよ、大した額じゃねえ」溝口さんはスプーンを動かし、皿についたカレーをこすっている。

依頼人から受け取った額の七割が溝口さんで、三割が俺、というのが二人の間での取り決めだった。もともと、仕事もなければ将来への展望もなく、ただふらふらと漫画喫茶やナンパした女の家を渡り歩いていた自分を仕事に誘ってくれた溝口さんは、大袈裟《おおげさ》な言い方ではなく恩人であったから、その分配の割合については不満はなく、むしろ、そんなにもらってしまっていいのだろうか、と申し訳なく感じていた。

「おまえ、もっと欲しいのか？　金ならそんなに困ってねえだろ。この間、おまえの誕生日にやったカード、もう限度額使ったのかよ」

溝口さんが言うのは、半月ほど前に、ある男から奪ったクレジットカードのことだ。俺と溝口さんで、その男を襲い、脅しつけた。ある会社社長から依頼されたのだ。暴力を振るい、脅しつければ用は済んだのだが、何をどう勘違いしたのか男はとても怯《おび》え、「これ、自由に使ってもいいですから」とクレジットカードを渡してきた。恐怖で、暴力から逃げたい一心だったのかもしれない。そういう時の溝口さんは抜かりがなく、「いいか、このカードを使えなくしやがったら、またやってくるぞ」と脅しを付け加えた。

そして、それを俺にくれた。そういや誕生日だったたな。やるよ、そんな気軽さだった。

「そういうんじゃないですよ。あのカード、一度も使ってないですし。実際、お金なんて、もらえるだけでもありがたいです。ただ、自分のやった仕事がいくらくらいの価値があるのか知りたくなっただけで」

溝口さんはスプーンを乱暴に皿へ放るようにすると、背もたれに寄りかかる。「でもよ、仕事の価値と報酬はあんまり一致しねえから、気にしないほうがいいぜ」

「そうなんですか？」

「儲《もう》けてる奴ほど、ろくなことしてねえよ。ふんぞり返ってパソコンに向かって、ぴこぴこボタンを押してたり、人を顎で使ったりな。それよか、身体使って、荷物運んだり、物作ってる人間のほうがよっぽど偉いってのにな」

「じゃあ、俺たち、あの毒島《ぶすじま》さんたちから独立したの正解だったんですね。あの人、偉そうに命令ばかりしてたから」

「まあな」溝口さんは鼻の穴を大きくした。「俺たちに依頼するのも、しょぼい仕事が多いしよ。この間もほら、何だったか、政治家の愛人の写真を撮れ、とか言ってきただろ。田中だか、佐藤だか、そんな名前の議員で。そんな、知らねえ政治家の浮気写真を撮るなんて、せこい仕事できるかっての」

「まあ、せこいの定義にもよりますけど」

「俺は、毒島の下請けで終わるつもりはなかったからな。独立すれば、俺も毒島と同じだ。事業者ってのかな」

「大企業に喧嘩《けんか》を売る個人商店みたいですよね」

「恰好いいだろ」溝口さんは親指を勢い良く立てたが、すぐに真顔になり、「でもよ、毒島さんたち、結構怒ってるみたいなんだよな」と弱気を口にした。呼び捨てだったのが、急に、「さん」付けになっている。顔つきの悪い男が急に怯える、その落差が、俺には可笑《おか》しかった。

ウェイトレスがやってきて、溝口さんのコップへ水を注ぎはじめた。心地《ここち》好い音を立てながら水位が上がっていくのを、じっと見つめる。

「あの」と俺は口を開いていた。「実は今日、溝口さんに話があるんですよ」

その台詞を俺は、昨晩、アパートで、お笑い芸人たちが踊るミュージカルをテレビで観《み》ながら練習していた時よりも、ずっと緊張しないで言うことができた。

「この仕事やめたいのか？」溝口さんの目が光った。ように俺には見える。

「なんで、分かるんですか」

「そんなの勘だ。おまえがそんな風に、申し訳なさそうに言い出すってことは、俺にはマイナスの話だろうが。おおかた、金を貸してくれって話か、やめさせてくれって話かどっちかだろうな、と思っただけだ」

「いいんですか？」俺はグラスに残っているジュースをストローで啜《すす》る。

「いいよ」溝口さんは唇を少し尖《とが》らせ、眉を上げた後で、「なんて言うわけねえだろうが」と大声を発した。俺はその低く、伸び上がってくるような言い方に、胸を突かれた気がして、後ろへ身体を倒してしまう。「俺が、おまえに仕事のやり方を教えて、使い物になるまでどれだけ苦労したと思ってんだ？　ようやく少しは使えるようになってきたと思ったら、やめたい、って、馬鹿かよ。ようやく毒島のところから抜け出て、これからって時だぞ。なめてんのか？」

「なめてるわけじゃないんです」

「理由は何だ。田舎にでも帰って、親の面倒でも見たくなったか」

「あ、そうです」俺は思わず、すぐに答えた。自尊心が高く、いつも着飾り、実際、外見も整っていたからか注目を集めていた母のことを思い出す。テストの成績にこだわり、クラスの担任教師をいつも見下していた。

「嘘《うそ》つけよ。おまえの親、死んでるじゃねえか」

「あ、嘘です」

「死んでねえのか？」

「あ、いえ、死んでます」父は病気で、母は交通事故で、俺の中学卒業前に死んだ。もともと仲の良くない夫婦だったとはいえ、最期までばらばらであったことに感心した。

「田舎に帰って、親の面倒を見るって言ったほうが嘘です」

「ややこしいな」溝口さんが苦笑する。「それなら何か、自分探しの旅にでも行くのかよ」

「自分探し？　探さないですよ。俺、ここにいますから」

「おまえの言う通りだ。自分なんて探すもんじゃねえよ。おまえは時々、いいことを言う。まあいいよ。で、理由は何だよ。何で、この仕事を抜けるんだよ」

「これ、っていう理由はないんですけど。俺の仕事って、相手が泣きそうな顔になるじゃないですか」今日の、高級車に乗っていた気障な男もそうだったし、公園で見かけたシン君の母親もそうだった。「相手がつらそうにしてるのを見るのって、あんまり楽しくないんですよ」

「楽しかったら、仕事になんねえだろうが」溝口さんが溜《た》め息《いき》をつく。「理想論を吐く息子を相手にする父親の気分が分かるねえ」と笑い半分、うんざりした声を出した。

「だから、とりあえずはやめようかと思ったんです。どうせなら、喜ばれる仕事をしようかって」俺は言いたいことを言えたという達成感を覚えていた。

「知り合いだとか恋人に何か吹き込まれたのかよ」

「恋人どころか友達もいないですよ」

溝口さんはしばらく、俺をじっと観察するようだった。最初は、憎くて仕方がない、という怒りを眉間《みけん》の皺に凝縮したような様子で、ああ、溝口さんは怒ると本当に怖いな、と俺はぼんやりと思った。やがて、溝口さんから強張《こわば》りがすっと抜ける。長く、とても長く、息を吐いた。コップの水面が揺れるほどだった。

「よし分かった」

「え」

「そりゃ腹立たしいし、納得しにくいけどな、俺は、おまえが嫌いじゃねえんだよ。だからな、無理やりおまえを引き留めようとも思わねえ」

「溝口さん」

「相方がやめたがってるのに、無理強いして漫才続けたって、客は笑わねえよな。それと一緒だよ」

漫才がどうしてここで出てくるのか理解できなかったが、俺は、「じゃあ、いいんですか」と声を弾ませた。

溝口さんが人差し指をぴっと伸ばし、俺の鼻のあたりを指差した。「条件がある」

「条件？」胃のあたりに痛みを感じる。俺たちが誰かに、条件がある、と持ち出す時はたいがい、「俺たちしか得しない」条件だった。

「おまえ、今、友達がいないって言ったよな」

「いないです」自慢にもならなかった。

「よし、じゃあ、作れ」溝口さんが笑う。

「作れって」

「おまえの電話貸せよ。それで、今から俺が言う文面でメールを打てよ」

「誰に送るんですか？」

「それは俺が適当な番号を押してやる。メールアドレスじゃなくて、電話番号宛てにもメールは送れるんだろ」

「それで、友達を作るんですか?」

「もし、いい返事がもらえたら、おまえは卒業だ」

「無理ですよ」さすがの俺もそれくらいは想像できた。突然、見知らぬ人間からメールが届き、「友達になろう」と言われて、「はい喜んで」と返事をする相手がいるとは思えなかった。メールやネットを使った詐欺が横行している中、誰がそこまで無防備になれるだろう。

「これが俺の譲歩だ。よし、電話貸せよ」

「もし、無理だったらどうなるんですか」

「もちろん、仕事はやめられねえし、ペナルティとして耳たぶでも切ってやるよ。その福耳を貧乏耳にでもしてやる」と言う溝口さんは明らかに本気だった。

「まじっすか」

「まじだねえ」溝口さんは、早く電話を寄越せと、くいくい手を動かしながら、「昔、俺の親父《おやじ》が言ってたのを思い出すぜ。『子供作るより、友達作るほうがはるかに難しい』ってな」と言った。

以前、溝口さんが子供の頃に父親から暴力を振るわれ、虐待されていた、と言っていたのを思い出した。おそらくその父親自体が、友人のいない人間だったのだろう。

「俺、小学校の時から友達なんて、いなかったんですよ」俺は言う。

「寂しい人生だな」

「そこそこ親しくなった同級生はいたんですけど。ああ、でも、そのうちの一人がこの間、新聞に載っていてびっくりしました。映画監督になったらしくて」

「すげえじゃねえか。何て映画だよ」

俺はうろ覚えのタイトルを口にするが、溝口さんは当然ながら知らないらしく、「まあ、とにかくな、気の合う友達を作るのと、信頼できる医者を見つけるのは、人間にとってライフワークみたいなもんだ」と続けた。

「ですね」

「メールで今すぐ友達作れ。さもなければ、アウトだ」

俺はポケットから自分のＰＨＳを取り出し、溝口さんに渡していた。耳たぶを触る。

家族

銀色のコンパクトカーを運転する男は、岡田《おかだ》、と名乗った。

「岡田さん、普通じゃないですよ」わたしは後部座席の左側に座っていたので、斜めに運転席を見やる。彼が二十代なのは間違いなかった。背は百八十弱といったところだろうか。胸板が厚く、体格はいい。長くもなければ短くもない黒髪は、スポーツマンとお洒落な若者の中間の印象だが、明らかに柄は悪そうだった。二重瞼《ふたえまぶた》の目つきが怖いからかもしれない。

「あんなメールを送ってきて、友達ができると思ったんですか？」

「びっくりしてますよ」と岡田さんが答える。ハンドルを握りながら、少し顔を傾けて、

「まさか、返事があると思わなくて」とわたしというよりも、助手席の父を窺った。「しかも、車で会える場所に住んでいたんだから」

友達になろうよ、という胡散臭《うさんくさ》いメールに、父は、母に命じられるがままに、『友達になりましょう。こちらは、四十七の男です。妻四十五歳、娘十六歳も一緒ですが、それでもいいですか？』と返信を打った。こんなんじゃあ、からかっているように思われるじゃないか、と父は悲しみ嘆いたが、結局はそのまま送信した。本当に友達が欲しかったのかよ、とわたしは呆れた。

「こっちも、びっくりしましたよ」助手席の父がへらへらと笑っている。「本当に、ドライブに連れて行ってくれるとは」

母はわたしの隣で、窓の外を眺めていた。岡田さんからの返信が、もちろんその時は岡田という名前など知らなかったけれど、『了解です。では、車で迎えに行くので、待

ち合わせ場所を決めましょう』というメールが届いた時、わたしと父はたじろぎ、怪しみ、腰が引けた。母は違った。「家族解散の日の思い出としては悪くないじゃない」と心底、嬉《うれ》しそうだった。「引っ越し業者さんには、鍵を開けておくから勝手に作業してもらうことにして、出かけちゃおうか」

「岡田さん、こういうことよくやってるんですかあ」わたしは質問する。「こんな風にして、ナンパとかよくやるわけ？」

「はじめてですよ」

「何が目的」わたしは続ける。「こんなの普通じゃないよね。何、企《たくら》んでるの」

父と母は離婚と引っ越しで頭が混乱しているせいか、冷静さを失っているのだ。どう考えてもこれは異常だった。このまま怪しげな場所に連れて行かれる可能性もあったし、もしかするとこれはすでに誘拐の過程なのではないか。

「普通って何？」岡田さんがそこで砕けた言い方をした。丁寧で飄々《ひょうひょう》とした雰囲気があったけれど、やはり怖い。

「普通は、でたらめにナンパメールなんて送らないし、家族三人とドライブに行かないよ」

「何も企んでないですよ。メールで書いた通り。友達になろうと思ったんだ。食事したり、ドライブしたり」

絶対、それだけのはずないよ、とわたしは思った。ふーん、と言いながら、携帯電話を取り出す。古田健斗から、『どう、サミット終わった？　沙希が抜けても大丈夫なんじゃない？』とメールが届いていた。すぐに返信を打つ。『まだもう少し。わたし、こう見えて、家庭内では常任理事国だから抜けられない。というより変な展開。終わったら話すよ』と打ってからはっとし、『深夜になってもわたしから連絡なかったら怪しんで。なんかに巻き込まれてるかも』と付け足した。具体的なことを書かなかったのは、そのほうが彼が心配するかもしれない、と期待したからだ。

「でも、あれですね」岡田さんが言う。「家族三人で仲良しなんですね。こんな風に一緒に行動するなんて。娘さん、沙希さんだっけ？　高校生だよね」

「まあ、ですね」わたしは愛想をできるだけ消して、短めに答える。

「仲良しってわけでもないんですが」父がぎこちなく言う。

車は国道に入っていた。どこへ向かっているのかは分からない。もしかすると最初に会って、車に乗せられた際、岡田さんが行き先の説明をしたのかもしれないが、わたしは覚えていなかった。三車線の真ん中を走るコンパクトカーは次々と左側の車両を追い抜いていく。ゆっくりと走っている前方の軽自動車を、右の車線に飛び出して、追い越した。速いな、と思った。父の運転に比べると、スピードが速く、おまけに動きが滑らかだ。

「今日で、解散なんですよ」と言ったのは母だ。「わたしたち離婚して、今日、マンションも引き払うんです」と屈託なく続け、「沙希は高校の寮に入りたいみたいだし、明日からは三人、別々に暮らすんです」と説明した。

本当のことを言えば、寮にはすぐに入れないため、わたしは十日ほど友達の家にお邪魔する予定だったのだけれど、そのことは内緒だった。

「へえ」と岡田さんは相槌《あいづち》を打つ。関心があるのかないのか、はっきりしない反応だった。「解散ってのはやっぱり、音楽性の違いとか？」

それが冗談なのかどうか分からない、というよりも、まったく面白くなかった。「原因は、この男の浮気ですよ。このおやじの」とわたしは助手席を指差す。

「へえ」また彼は言って、父に一瞥《いちべつ》をくれた。父はといえば、「いやあ。後悔先に立たずってやつですね」とへらへらしている。

「奥さん、怒りました？」岡田さんは、自分の真後ろに言葉を投げるようにした。バックミラーに目をやっている。

「そりゃねえ」母の声には余裕がある。浮気が発覚した後も、母が興奮したところは一度も見なかった。興奮せず、ただ、考え込むように無口になった。その無口っぷりが、母の怒っている証拠だった。「でももう、今日でお別れだから」

「岡田さんに、この半年くらいの我が家の、どんよりした空気を体感させてあげたいよ」わたしは嘆く。「あそこにいるくらいなら、満員の通勤電車で生活したほうが一億倍マシ。空気もだんぜん、マシ」

「ぎすぎすしてたんだ」

「ぎすぎすどころか、ぐおんぐおんしてましたよ」

「ぐおんぐおん、ねえ」岡田さんが噴き出した。

車が赤信号を前にして、停車した。走行する音や会話がなくなると、車内は静かだ。咳払《せきばら》いをするのも妙だし、無理して話題を探すのも面倒だったから、携帯電話をいじくろうかと思ったが、そこで岡田さんが口を開いた。「でも、解散してソロになって、成功したのって、矢沢の永ちゃんと奥田民生くらいしかいない気がしますよねえ」と三人のうちの誰に向けて、というよりは、思ったことをそのまま発しただけのようだった。

「バンドと一緒にしないでほしいんですけど」わたしは言い返した。「それに他にもいるっての」

若い男

「何で、ドライブの行き先がここだったんですか？」

ベンチに座っている俺の横にやってきた早坂さんが、訊ねてきた。両手に缶ビールを持っていて、一つを渡してくる。俺が受け取ろうとした時に、「ああ、君は運転しないといけないか」と遠ざけられると、わざとらしい嫌がらせのようにも思えた。

ごめんよ、と言って早坂さんが座る。

俺たちの前には、湖が広がっていた。車を走らせて一時間半、休日だというのに駐車場はがらんとしていて、湖の周囲にも人はほとんどいない。

「この湖、上から見るとほんと真ん丸らしいですよ。周囲三十キロで」俺は波もなく、ひっそりと目の前に広がる湖を指差した。「五万年前くらいにそこの山が噴火して、川が堰《せ》き止められて、湖になったんですよね」

「詳しいんだね」

「昔、子供の頃に、親がここに連れてきてくれたんですよ。父親と母親が」と自分で言ってから、ああ俺にとっての家族旅行とはあれが最初で最後だったんだな、と気づいた。だからここに来たのか、とも思う。早坂さんたちとドライブでどこに行こうか、と考えた時、深く悩むこともなく、この湖が浮かんだのだ。家族旅行から連想したのかもしれない。「意外に俺も単純だなあ」

「ご両親とは仲がいいんですか？」

「いや。笑っちゃうくらい典型的な、子育て失敗の親だったんですよ。凝り固まった考えを押し付けて、子供の失敗をみっともないと思っちゃうような」思春期の真っ最中に二人とも死んでしまったことは言わなかった。

「岡田さん、お仕事は何してるんです？」

少し考えてから、「さっきから無職になりました」と答えた。「そのさっきまでも、なかなか言いづらい仕事をしてたんですけど」

自分でも、溝口さんとのあの仕事が何というものに分類できるのか分からなかった。法律から少し外れた、細々とした、仕事の代行のようなものだった。

悪事の下請け、犯罪の派遣社員といったところで、褒められたものではない。

「言いづらい仕事ですかあ」

「早坂さんのおかげで仕事やめられました」

「え、何のこと」

「あのメールに、まさか返事があるとは思わなかったし」

「あれはねえ」早坂さん自身も、妙なもんだよねえ、と困惑気味だった。

「浮気して、離婚して、どんな気持ちですか」別に意地悪な気持ちではなく、言った。

「後悔先に立たず」

「車内でも言ってましたよね」俺は思い出した。「未練とかあるんですか？」

「未練たらたらですよ」

聞きながら俺は、早坂さんの顔や身体の内側で、たらたらと未練の滴《しずく》が途切れることなく、垂れ落ちているのを想像した。「その浮気相手の女の人とは、続かないんですか」

「続かないねえ」早坂さんは詳しく説明してはこなかった。昔、同級生の親が離婚した話を思い出した。あれも父親の浮気が原因で、しかも、浮気相手とは長く続かなかったのではなかったか。

さらに、以前、自分たちのベンツに追突してきた文房具屋の男の記憶も甦《よみがえ》った。あの男も浮気の最中であったがために、俺たちに強気に出られなかった。

会話が止まった。居心地は悪くない。ゆらゆらと風で震える湖面と、俺の心の揺れはどこか共振しているようで、小動物が立てる寝息のような揺れしかない。穏やかで、心地好い。

「どうしたら、縒《よ》りを戻せると思います？」早坂さんがぼそっと言った。はじめは俺に訊いてるとは思いもしなかったから、自己満足的に湖に向かって声でもかけているのかと勘違いした。

横を向くと、早坂さんが俺に視線を向けていた。その後方では、駐車場の階段に腰掛けて携帯電話をいじくる早坂沙希の姿がある。

「縒り、戻す気なんですか？」

「できればねえ」

「そんなこと考えないほうがいいですよ」俺は自分でも意識する前に言っていた。「過去のことばっかり見てると、意味ないですよ。車だって、ずっとバックミラー見てたら、危ないじゃないですか。事故りますよ。進行方向をしっかり見て、運転しないと。来た道なんて、時々確認するくらいがちょうどいいですよ」

　ああ、とも、はあ、ともつかない声を早坂さんが発した。

　俺は、早坂さんを残したままベンチを立ち、後方へと向かう。階段にジーンズ姿で座っている早坂沙希の前を通り抜けようとした時、「ねえ、岡田さん、何、企んでるわけ？」と呼び止められた。携帯電話を見つめた彼女は、こちらに視線も寄越さない。

「さっきも答えたけど、本当に何も考えてないんだ」

「だって、こんなのおかしくない？」

「こんなのおかしいうちに入らないよ」その時、俺の頭に浮かんだのは数年前、まだ溝口さんと会う前に、繁華街で暴力を振るった時の光景だった。苛立っていたから、という理由で俺は、通りすがりの会社員に殴りかかり、蹴り、動かなくさせた。苛立ちがおさまらないという理由で、ジーンズのジッパーを下げ、性器を取り出し、小便をかけてやろうとした。周囲には大勢の野次馬がいた。俺のことが怖くて、止めに入らないのはまだ理解できたが、無責任に囃《はや》し立て、はしゃいでいるような奴らがいるのには納得がいかなかった。あの野次馬のような理解しがたいことは、街にいくらでもあった。ああいった人間は何なのか。安全地帯から、自分の鬱憤《うっぷん》を晴らすために首を突っ込んでくるだけではないか。

「岡田さん、何してる人？」

「さっきもお父さんに訊かれたけど、今日、仕事をやめたばかりなんだ」

「無職？」

「そう」

「駄目じゃん」

「駄目じゃないよ。明日から、もう俺の人生、残り全部、バケーションみたいなものだし。バカンスだ」

「意味分かんないんだけど」早坂沙希はきょとんとしていたが、そこでようやく俺を見上げるようにし、「バケーションってのはいいね」とにっと笑った。「わたしもそうしようかな、残り全部バケーション」

悩んだ末に、俺は正直に言った。「百年早《はえ》えよ」

家族

静かな湖を後にし、もと来た道をそのまま帰るのかと思っていたら、途中でぐるっと車は道を迂回《うかい》した。しばらく進み、何だか大きなホテルがあるなあ、こういうところはお金持ちな人が利用するんだろうなあ、と他人事《ひとごと》で窓越しに眺めていたら、「ここで食事にしようか」と岡田さんが車を中に進めていくので驚いた。父も、わたしと同じくらいびっくりしていた。わたしたちは決して、お金持ちではないからだ。ただ、やはり母は落ち着いたもので、「最後なんだから、豪勢にいくのもいいね」と賛同した。

「もちろん、俺が奢《おご》りますから」と岡田さんが言ったのは、テーブルに着いた後、仰々しいメニューを開いた時だ。「このカードの限度額、結構大丈夫なはずなんで、すごいの頼んじゃってください」と右手に取り出したクレジットカードをひらひらと振る。

「とんでもない。そこまで甘えられない」と父は遠慮した。

「怖いってば、そんなことまでされると」わたしは言った。

「メールで食事に誘ったのは俺ですから」岡田さんが笑う。

「せっかくだし、奢ってもらっちゃおう」母が結局決めた。

注文するメニューを決定するのに、わたしは戸惑った。どこまで甘えて、どこまで遠慮すればいいのか、その匙加減《さじ》や、世間一般の常識のようなものがさっぱり分からなかったので、おろおろした。見かねたわけでもないだろうが、メニューをぱたんと閉じた母が、「みんなこれにしない？　季節の限定フルコース」とテーブルの上に置かれた特別メニューを指差し、あ、そうしましょう、と岡田さんがすぐにその意見に乗った。そうなれば、わたしと父に反対する力はない。

背筋がすっと伸びたウェイターがやってきた。ワインがどうのこうの、前菜がどうのこうの、肉の焼き方がどうのこうの、と次々と確認事項を口にする。萎縮《いしゅく》せずにはいられなかったが、父と母の応対が落ち着いて、的確なものだったからわたしは、へえ、と感心した。

「懐かしいな」父が少し俯《うつむ》き気味に、ナプキンを首元に挟みつつ言った。「昔はよく、こういうレストランに来たよな」誰に言ってるのかと思えば、母にだ。そういった口調は珍しい。

「二十代の頃よね」母がうなずく。「食べ歩きくらいしか、やることなくて」

「ふーん」とわたしは返事をする。正面に座る父の、そのナプキンを垂らした姿が恰好悪くて、そのことにげんなりもする。

「食べ歩きですか」岡田さんが口を挟む。「そういうのって楽しいですか？」

「まあ、食べるのが好きならば」母は言った。「岡田さんは好きな食べ物とかある？」

「どうでしょう。あまり考えたこととかないので」

「そういうのって、考えることではないと思うけど」わたしは言わずにはいられない。

岡田さんは肩をすくめるようにするだけで、応えず、かわりに、「では乾杯」とグラスを持ち上げた。

「前向きな解散なんだからね」母が、わたしを見た。「これはおしまいじゃなくて、明日からまたはじまりなの」

「明日からは全部バケーション」岡田さんがまた言う。

「バケーションっていいね」母がすぐに反応した。「そうだね、わたしもお父さんも頑張ってきたから、明日からはバケーションという気分で」

「俺は別に、バケーションなんていらないんだが」

「とりあえず、メールで知り合った友達関係に、乾杯です」岡田さんがグラスを掲げた。

母が威勢良く、乾杯、と言って、父はそれより少し小声で応じた。わたしはさらに小さな声を出した。

食事は美味《おい》しかった。しかも、最近の我が家の、会話がなく、静けさと息苦しさだけが食卓を覆っていた夕食に比べれば、よほど開放的で居心地が良かった。途中で岡田さんが、「明日からは、奥さん、早坂さんのことを何と呼ぶんですか？　家族じゃなくなったら、お父さんと呼ぶわけにもいかないですよね」と質問をし、それを受けた父は、

「家族は家族のままだよ」とむきになった。

母は冷静で、「明日からはもう会うこともないしね」と微笑み、わたしをにやっとさせる。

「でも、偶然ばったり会うかもしれないじゃないですか」

「その時は、『早坂さん』って、ちゃんと呼びますよ」母は言いながら、フォークに刺した白身魚を口に放り込み、「美味しい」と小さく歓声を上げている。

「そんなの、他人行儀じゃないか」父はナイフを神経質に動かす。皿に傷がつくような、嫌な音がした。

「他人なんだっての」わたしも魚の身を食べる。酸味のある香辛料がよく合っている。

周囲のテーブルはそれなりに埋まり、どこもかしこも上品に食事を進めている。年配の男女が多く、彼らは明らかに夫婦同士に見えたから、そうかあの人たちは解散しないでそのまま歳《とし》を取ってきたのだな、と息の長いロックバンドを尊敬するように、尊敬したくなった。

「そうだ、岡田さん、岡田さんは何か秘密、ありますか」魚料理の皿が下げられ、テーブルの上が急にがらんとした頃、母が突然、言う。

「秘密？」岡田さんがぎこちなく、ナプキンで口の周りを拭いた。「何の秘密です？」

「わたしたちに内緒の秘密」そして母は、今日、家族で一人一つずつ、今まで隠していたことを告白する予定だったのに、誰も打ち明けないのよ、度胸がないのよ、と笑った。

「思いつかないだけだよ」と父が苦笑した。それはわたしも同様だった。秘密があればいくらでも話したいくらいだ。

「早坂さんたちに隠している秘密、ですかあ」岡田さんは唇を少し尖らせ、思い悩む表情になった。「何かあるかなあ」

わたしはそもそも、彼が何かを企んでいるに決まっている、と予想していたので、さっさと秘密を告白すればいいのに、と思う。

「そうだなあ」岡田さんは考え、「そうですねえ」と言い直し、先ほどわたしたちに見せたクレジットカードをまた取り出すと、「強いて言えば」と断った上で、「このカードは、俺のものじゃないんですよ」と歯を見せた。

え、と父はのけぞり、犯罪に加担したかのような青白い顔になった。

「これ、他人のカードです。知らない人の。だから、気にせず、何でも注文しちゃってください」

わたしの顔は引き攣っていたに違いない。「それは秘密にしといてほしかったよ」

父はもともとお酒に強くはなく、少し飲むと顔が赤くなる体質だったが、赤というよりも顔面が真っ白になり、「悪い、吐きそうだ」と席を立ったのは予想外だった。ワインを空けるペースは速かったようにも思えたが、そこまで具合が悪くなるところははじめて見た。ふらふらとトイレに向かう父を、「心配だから、俺が付き添ってきます」と岡田さんが追いかけていき、テーブルにはわたしと母だけが残る。

「だらしないね」わたしは、左に座る母に言った。

「あんなに酔うの、久しぶりに見たね」母も少し驚いている。

「ねえ、お母さんの秘密って何かある？」

残すところデザートのみとなったテーブルは、祭りの後よろしく寂しさが漂いはじめている。そう感じたのは、やはりこの夕食が美味しかったからなのだろう。

「秘密ねえ」

「お母さんは持ってそうだよね」

「普通のおばさんだけど」

「わたし、お父さんよりお母さんのほうが怖いんだよねえ。何か、底知れない気がするし」

「底知れなくないよ」母はのんびりと言った。

「秘密、何か教えてよ。お父さんも知らないようなの」わたしはすでに、お酒の勢いを借り、「ちょっとくらいいいだろう、触らせてくれよ」とホステスに抱きつく、テレビドラマで観る中年男と五十歩百歩だった。身体を横向きに寝そべらせて、母に縋る仕草をする。「教えてよお。減るもんじゃあるまいし」

「じゃあ、こういうのは？」母が水の入ったグラスに口をつける。ウェイターがやってきて、デザートを運んできてもいいか、と確認してきた。どうぞどうぞ、と応えた後、「昔ね、お父さんに会う前だけど、わたし、男に騙《だま》されたことあったんだよね」と言った。あっけらかんとした言い方だった。

「え、何それ何それ」思いもよらぬところから槍《やり》で突かれたかのような気がして、どきりとした。

「何だか恰好いい人で、貢《みつ》いじゃったの」

「嘘、貢いだって、お金？」

「お金どころか、身も心も。給料安いから、会社に内緒でファミレスとかで働いたりしたのよねえ。身体壊して。泣けるでしょ」

「何してる人だったの」

「それがね、医者だったのよ」

「医者が何で、お金を貢がせるの！」

「でしょ。ようするに、女の人を従わせたかっただけなのかも。わたしがちょっと口答えするとね、おまえは何にも分かってない、とか殴ってきたりして。奴隷のようだったわね」

わたしは目を見開き、母をまじまじと眺めてしまう。冗談を口にする表情ではなかったし、そもそも母がこれほどつまらない嘘をつくメリットも考えにくかった。冗談ではない、と分かったわたしは頭に血が昇る。「最低じゃん」

そんな奴が医者だとは。患者に同情せずにはいられない。

「しかも、わたし以外にも女がいてね」

「怒髪天《どはつてん》、怒髪天」最近、覚えた言葉を使っていた。「怒髪天、衝《つ》きまくりでしょ、それ」

「二十年くらい前のことだから。結局、別れて、しばらくしてお父さんと会うんだし」

「お父さんは知らないの？」

「言うことでもないなあ、と思っているうちに、もう二十年経っちゃったね」

「許せないでしょ、そいつ」わたしは実際、怒りに駆られていて、今この場にはいないその男、しかも二十年前のその男をフォークで突き刺してやりたいと思った。

「沙希、危ないって」と母に言われて、自分が実際にフォークを振り回していることに気がついた。「秘密とはいえ、よくある話だね」

母はやはり、さばさばとしていた。

若い男

早坂さんはトイレの便器に向かって、嘔吐《おうと》しようとしていたが、それ以上に眠気のほうが勝《まさ》ったのか、食べ物を吐き出すより先に、扉に寄りかかり眠りはじめていた。俺は慌てて、彼を支え、どうにかテーブルまで連れて帰った。するとちょうどデザートがテーブルに並べられている。

「早坂さんは眠ってしまいそうですけど、どうしましょうか」と俺が訊ねると、早坂沙希が、「いいよ、わたしがお父さんの分のケーキも食べるから」とフォーク片手に勇ましい言い方をする。

「そうじゃなくて」

「ああ、いいですよ、椅子に座らせてみてください。転げそうだったら、わたし、支えますよ」早坂さんの奥さんが静かに言った。言われた通り、肩で背負うようにしていた早坂さんを椅子にもたれかけさせる。はじめはそのままずり落ちそうになったが、角度を変えると落ち着いた。

俺は自分の椅子に腰掛け、目の前のケーキを口に放り込んだ。甘味が口に広がり、お、と思う。今までこういった菓子類に興味はなかったものの、案外に、美味《うま》いではないか、と発見した。世の中にはまだ俺の知らないものがあるのか、と思うともっと調べたくなる。

味わいつつもばたばたと食べ終え、会計を先に済ませるために入り口へと向かった。

レジにクレジットカードを提示し、偽のサインを書きながらテーブルに目を向けると、早坂さんの奥さんが、大口を開けて身体を斜めにしている早坂さんを、穏やかな目で見ていた。


早坂さんが起きる気配はなく、俺はまた彼を支えてホテルを出る。駐車場まで引《ひ》き摺《ず》り、車の助手席に早坂さんを乗せた。無理やりシートベルトをつけ、運転席に戻る。すでに後部座席に乗り込んでいた早坂さんの奥さんが、「何だか、いろいろ悪いわね」と申し訳なさそうな声を出した。大丈夫ですよ友達ですから、と答えてエンジンをかける。車内の時計を見れば、夜の八時だった。「せっかくの最後の夜が終わっちゃいますよね」アクセルを踏み込む力を強くした。夜の車道で、対向車線の車のヘッドライトが列を作り、道しるべの松明《たいまつ》にも思える。

「別に最後の夜と言っても、何かイベントがあったわけでもないし」と早坂沙希が言った。ねえ、と隣の母親に、早坂さんの奥さんに同意を求めたが、そちらからは返事がない。バックミラーで窺うと、彼女は窓の外を眺めているだけだった。街路灯の脇を通り過ぎた時に、その表情が照らし出されたが、口元は微笑んでいた。

赤信号で停車していると、ポケットの携帯電話に着信があった。俺は手を伸ばし、どうにか引っ張り出し、耳に当てる。「運転中の携帯電話は違法だよ違法」と後部座席から早坂沙希が言ってくるが、聞こえないふりをした。電話をかけてきたのは溝口さんで、俺が出ると、少しばつが悪そうに、「よお、懐かしいか」と冗談めかした。「どうよ、あのメールの相手とほんとに会えたのかよ」

「今、まだドライブ中ですよ」

「まじかよ」俺の返事を、溝口さんがどこまで信じてくれたのかは分からなかった。

「どうかしたんですか」

「今日、仕事した時のことだけどよ、ほら、車を当てたじゃねえか」

「あの、丸尾何とかって奴の？」

「そうそう！」溝口さんが大声で言った。「丸尾ちゃん。あいつの免許証って、おまえが写真撮っただろ」

言われてみれば、デジタルカメラのデータを溝口さんに渡していなかった。「後で、送りますよ」

「頼むよ。最近、すっかりおまえ任せだったから、慌てちまったよ」溝口さんは笑っていた。長く、笑い続けていた。その声がだんだんと乾燥しはじめる。無言の間を埋めるだけの空笑いだと、俺も察した。「何かあったんですか、溝口さん」

電話の向こうがしんとした。

「悪いんだけどよ」溝口さんの声が急に、低くなった。「実は、おまえのせいにしちゃってよ」と急におどけ口調になる。

「俺のせいに？」

「毒島の部下が、さっき俺んところに来て、すごい剣幕で怒ってきてよ。しょうがねえから、おまえが主犯だってことにしちまったんだ。おまえが、毒島さんの下請けを嫌がって、抜け出そうとしたんですよ、って」

「俺は主犯なんていう柄じゃないですよ。溝口さんもよく知ってるじゃないですか」

「知ってるけどよ」溝口さんが向こう側で苦笑しているのが目に浮かんだ。「とりあえず、信じた風だったぜ。で、おまえが逃げてるってことで、追ってるみてえだ」

「そうですか」溝口さんを責める気持ちにはならなかった。溝口さんらしくていいな、とさえ感じた。自分が危険な目に遭いそうな際、身近にいる誰かに責任を押し付けるのは、戦略としては間違っていない。

電話で喋りながら、横断歩道を横切っていく若い男女を目で追う。こんな夜更けにどこに行くのか、君たちはバケーションの最中なのか、とぼんやり思った。

「あいつら、逃げてる奴、捕まえるのが得意だから気をつけろ」

「捕まったらどうなりますか」

「分かるだろ」

以前、毒島さんを裏切った者は身体のあちこちを切断されて海に捨てられた。

じゃあな、の挨拶があり、電話が切れそうになったがそこで、「あ、岡田、それと」

と声がした。

「何ですか」

「そういえば、『ゴルゴ13』の漫画、一応、本になってる分は読み終わったぜ」

前に溝口さんは、「何かをやり遂げたい」と言い出し、『ゴルゴ13』の発売されている本をすべて、当時ですら百巻を超えていたのだが、読んでみようと言ったことがあった。てっきり冗談かと思ったが、ひっそりと挑戦を続けていたのか。

「何か勉強になりましたか?」

「まあ」溝口さんは少し考えた後で、「ゴルゴはすげえな、ってことは分かったな」と言う。

俺は少し笑った。「それ、一巻読んだだけでも分かりますよ」

「まあな」

電話がそこで終わった。俺は、これで溝口さんと喋ることはもうないかもしれない、と思った。もっと有意義な会話をすべきだったのではないか、とも感じた。

「ちょっと、前、進んでるよ」早坂沙希が運転席を叩く。俺は慌てて、ハンドブレーキを下げ、車を発進させた。前方車両にどうにか追いつく。

「ねえ、何の電話だったわけ？」早坂沙希が、運転席の背もたれを靴で突いた。

「大した話じゃ」と言いつつミラーを見た時、早坂さんの奥さんが俺のほうを見つめているのが分かった。笑いを堪《こら》えつつも、何かを訝《いぶか》るようだった。

「どうしたんですか」俺は訊ねる。

「今の、丸尾って誰です？」と彼女が質問してきた。

意味が分からなかったが俺は、「今日、たまたま知り合った男ですよ」と言った。「立派な服を着た丸尾さん」

「お母さん、どうかしたわけ」と早坂沙希が、俺よりも先に訊ねる。

「さっき、話したでしょ。わたしが、若い頃にお金を貢いじゃった相手。あれもね、苗字《みょうじ》が丸尾って言ったのよ」

「え、嘘！」

後部座席が盛り上がる。俺にはいったい何の話なのかさっぱり分からず、助手席ですっかり眠ってしまっている早坂さん以上に取り残された気分だった。

「ねえねえ、岡田さん、そいつの下の名前、何て言うの？」早坂沙希は言葉で、俺の後頭部を叩くようだった。

彼女たちの盛り上がりに付き合う必要があるとは思えなかったが、俺は反射的に、男の名前を思い出したので、「仁徳」と言った。「丸尾仁徳さん」

途端に、早坂さんの奥さんが噴き出す。

「ねえ、お母さん、どう？　一緒？　一緒？　もしそいつだったら、許せないよね」と早坂沙希が喚く。「岡田さん、そいつぶっ飛ばしちゃって。金取っちゃって」

うるさくて仕方がなかった。早坂さんの奥さんは、娘の質問には答えず、意味ありげに口元を緩めているだけだった。

家族

「岡田さん、なかなか帰ってこないねえ」

車がコンビニエンスストアの駐車場に停《と》まってから三十分ほど経った。後部座席でわたしは欠伸《あくび》をする。

「岡田さんが言ってたように、あと少し待ったら、沙希が運転していっちゃおうか」母が言う。

「女子高生に無免許運転させる気なわけ？」わたしはさすがにたじろいだ。母が本気にも思えたから、怖くなる。「冗談きついよ」

隣に停まっていた黒いワゴン車に、コンビニエンスストアから出てきた客が乗り込んだ。やがて、出ていく。先ほどから隣に停車する車が頻繁に入れ替わっている。わたしたちの乗るこの銀の車だけが取り残されているかのようだ。

三十分前、岡田さんは突然、車を路上駐車した。どうしたのかと思っていると、「後ろから、追ってきてる車がいるんですよ」とエンジンを切った。え、と振り返る。確かに、十数メートルほど離れたところに軽自動車がいた。ウィンカーを出し、同じように路肩に停車をしている。

「追ってきてるの？　何で？」

「ちょっと行ってきます」岡田さんはシートベルトを外すと、車から降りた。わたしは後ろの窓に貼り付くようにして、眺める。何台かの車とすれ違いながら、岡田さんは後ろの軽自動車の運転席に近寄った。向こうも窓を開けたらしく、そしてなにやら喋っていたが、すぐに戻ってきて、「そこのコンビニに車停めますね」と言った。

「あの人たち、何なの？」

「毒島さんの知り合いで、怒ってるんですよ」岡田さんは飄々としていた。毒島さんが誰であるかも説明せず、車を動かすと駐車場に乗り入れた。エンジンを切り、くるっと助手席との間から顔を出し、「これ、持っててください」と鍵を渡してきた。「三十分くらい経って、戻ってこなかったら、この車あげますよ」

「はあ？」わたしはもちろん、そのくだらない冗談に苛立った。

「どうしたんですか」母もさすがに困惑していた。

「早坂さんたちをあんまり待たせても悪いんで、万が一の話ですよ」と彼は言う。

「だって、わたしもお母さんも運転できないし」

「これオートマだから簡単」岡田さんは目尻に皺を作り、わたしを見た。そうすると同級生の男の子と喋っているような錯覚を感じた。「こうやって、レバーをドライブに入れておけば、自然に前に進むから」

「レバーをドライブに入れるだけ？」運転する気などさらさらないのに、釣られるように確認してしまう。

「そうしたら前に進むよ、勝手に」

出ていった岡田さんは、軽自動車に乗ってどこかへ消えてしまい、そうして、わたしたちは駐車場で時間を持て余しているのだった。

「何だか妙な一日だなあ」わたしは伸びをした後で、摘んだ鍵を眺める。

「思い出深くなったね」母が静かに言う。

この人は、明日からどこでどうやって暮らしていくんだろう、とわたしはなぜか急に、母のことが心配になった。広いとは言いがたい車の後部座席で隣り合ったまま、じっと横顔を見てしまう。自分の親がひどく世間知らずにも見えたが、もしかするとそれは、自分の姿がそのまま跳ね返って映っているのかもしれない。

助手席で父がごそごそと動きはじめた。家族の解散を迎える前に、どうにか間に合うように、ぎりぎり意識を取り戻した様子でもあった。ただ依然として、酔いが醒《さ》めたわけでもないらしく、寝言じみた、脈絡のない言葉をぶつぶつ言いはじめた。

「何だかなあ」わたしは言い、母が笑い声を洩らす。携帯電話にメールが届いた。『沙希、無事？　家族会議は終わった？』とある。返信の内容を考えるつもりが、どういうわけか、岡田さんが戻ってきた時のことを想像してしまった。

「岡田さんさ、本当に、お父さんの友達になってあげてよ」とわたしは頼むに違いない。助手席の父をちらっと見た彼は、「嫌ですよ、こんな酔っ払い」と顔をほころばすのではないか。

母がふと、「さっき、岡田さんが言っていた言葉、よかったよね」と洩らした。

「どの言葉？」

「レバーをドライブに入れておけば勝手に前に進む、って」

わたしは、彼女の横顔に目をやる。

「なんか、気が楽にならない？　気負わなくたって、自然と前には進んでいくんだよ」

そうかなあ、とわたしは答えながらも、自分の身体についているはずの、見えないレバーをドライブに入れてみる。

第二章　タキオン作戦

赤信号が変わるのを雄大《ゆうだい》は待っていた。中央分離帯のある幅広の車道があり、雄大の前に延びる横断歩道は長い。学校からの帰り道、つい先ほどまで、四年生のクラス対抗で行われるサッカー大会について、同級生とわあわあと士気を高めるようなことを言い合い、胸を弾ませていたが、一つ手前の十字路でその友人と別れ、この交差点まで来るうちにすっかり足は重くなった。

雄大、と名前を呼ばれ、後ろを見れば、三年生の時に同じクラスだった友人が通り過ぎていくところだ。「またな」とランドセルを軽く叩《たた》き、走っていってしまう。悪気はないのだろうが、背中には痛みがあった。

ランドセルを肩から外し、手で持つ。背中がどうなっているのか確認したかったが、首を傾けたところで見えはせず、手で触れたくとも届かない。

すると急にふっと、背中が涼しくなる。秋の心地好い気温が、肌を撫《な》でるようだ。

「ああ、おまえ、やられちゃってるな、これ」すぐ背後から声がした。

え、と雄大は慌てて、振り返る。

大人の男がしゃがみ、シャツをめくって、雄大の背中を見ていたのだ。

「おまえさ、それ殴られた痕だろ。青いし。最近できたんだろ」立ち上がった男は髭《ひげ》が少し伸びた顔で言った。中年の男だ。口は笑っているにもかかわらず、目が怒っている。

自分の父親が会社に行く時と似た背広姿ではあったが、会社に行くようにはなぜか思えない。後ろには若い男がいた。黒髪で、顎《あご》は引き締まり、胸の筋肉がふくらんでいるのが分かる。

「溝口さん、小学生相手に何やってるんですか。服めくって。それ、まずいですよ」

「岡田、あのな、俺は分かるんだよ。自分が子供の頃、親父《おやじ》に暴力を振るわれていたからな。子供の身体《からだ》にできてるこういう青痣《あおあざ》ってのは三択だ。遊んだ時の怪我《けが》、苛《いじ》め、親の虐待ってな。相場が決まってるんだ」

「あ、そうなんですか」岡田と呼ばれた男は少しのんびりと答えた。「溝口さんにそんな少年時代が」

「でも、遊んでて背中に青痣作るってのは考えにくいしな、ほら見てみろよ、これ」シャツをめくったまま溝口が、岡田に背中を見せているのが分かる。自分の背中を携帯ゲームの画面がわりにされているかのようだ。やめてください、という言葉も出なかった。

「あれだな、紐《ひも》みたいなもので殴られてるんだろうな。拳《こぶし》の痕っていうよりは、紐状だ」

痛い、と雄大は身体をよじる。

「悪い、痛かったか。これは間違いなく、親父にやられてるんだろうな。折檻《せっかん》ってやつだ」

「折檻って古いですね。お仕置きですか」

雄大のことはお構いなしに、二人は、雄大の背中について品評し合う。

「まあ、お仕置きなんてのはたいがい、する側の勝手なんだよ。子供に非はない。あったとしても、こんなに痣つけられるほど悪い子供なんているわけねえよ」

「溝口さん、子供のことそんなに好きでした？」

「子供はそんなに好きじゃねえよ。ただ、こうやって痛めつけられている奴《やつ》を見るとな、他人事《ひとごと》とは思えねえんだ」

「なるほど」

当惑した雄大が身動きできないでいるうちに、岡田も、溝口の隣にしゃがんでいる。傷を見て、「ああ、これは痛そうですね」と手作りパンの焼き具合を説明するかのように、言った。

勝手に何を言っているのか、と雄大はだんだん腹が立ってもくる。身体を揺すり、二人の男から離れた。ランドセルを慌てて背負う。

「溝口さん、でも、もしこの子が本当に虐待されているなら助けなくていいんですか」岡田が言う。

溝口は大きな口を開け、あまりに面白い冗談を聞き、噴き出した、というように息を吐く。愉快げに、「何で助けないといけねえんだよ」と唾を飛ばした。

「だって、溝口さんも昔、同じだったんですよね。それなら、同情というか同調というか、シンパシーというのがありそうじゃないですか」

「シンフォニーなんてねえよ」溝口は脈絡なく言う。「あのな岡田、父親がこういう暴力を振るうのは病気みたいなもんなんだよ。おまえがやめさせようとしても、治るわけがねえ。俺の親父もそうだった。うちは近所でも有名な虐待親父だったからな、誰かが役場に通報した。で、役人が来て、親父にいろいろ言うんだがな、反省するわけがねえんだよ。躾《しつけ》だと言えばそれまでだし、俺と親父の生活を誰かがずっと見守ってくれるわけでもない。仮にその場は、はい分かりました もうしません、なんて言ったところでな、またすぐ殴りはじめる。そういうもんだ」

「じゃあ、どうすればいいんですか、この子」

「まあ、どうにか耐えて、生き残れ」

雄大は、「あの」と言うが、そこから言葉が続かない。

「で、俺みたいに立派な大人になる。それしか逃げ道はねえよ」溝口は胸を張る。

とても立派な大人には見えない、と雄大は思った。

「いや、溝口さん、申し訳ないんですけど、立派な大人とは」と岡田も言う。

「岡田、立派な大人になるのはどうすればいいんだろうな」溝口が急に改まった言い方をした。

「そんなの分かれば、誰も困りませんよ」

「何か物事をやり遂げる、って経験自体が俺にはねえからな」

「それなら、読書でもしたらどうですか。俺は詳しくないですけど」

「『ゴルゴ13』でも読んでみるかな」

「漫画じゃないですか」

「まあな。百巻以上出てるんだろ。全部読む頃には何か、立派な大人になっているかもしれないぜ」

岡田は苦笑し、「健闘を祈ってます」と答えた。

「あの」雄大はそこでもう一度、口を開いた。「僕、どうしたらいいんですか」

「どうしたら、って、まあ、頑張れ、ってことだ」

「溝口さん、そんなこと言わずに何かアドバイスとかないんですか」

「ねえよ。アドバイスなんて。まあ、こういうことに関わっても面倒なだけで、いいことなしだ」

「俺が直接、その父親にがつんと言ってやるとか」

「無理だよ。そういう親父はな、自分中心で、自分の言葉にしか聞く耳を持たないもんだ」

岡田がうなずいた。「分かる気がします。俺の母親もそうでした。自分が一番正しくて偉いと信じていましたから。俺が失敗すると、どうしてそうなのか、と怒り出して」

「おまえ、勉強はできたほうか？」

「俺は実は、小学生の頃は勉強できたんですよ。塾にも行ったりして」

「塾か！　すげえな。俺も負けねえように、『ゴルゴ』を全巻、読破しねえとな」「どういう勝負なんですか」溝口と岡田のやり取りは続いた。

そこで歩行者用の信号が青に変わる。音が鳴った。

溝口が横断歩道を渡りはじめ、岡田が続く。その後ろから雄大も歩いていく。

振り返った溝口が、「おい、岡田、その潰れたスーパーってのはどっちなんだ」と声を上げた。

岡田が右手前方を指差す。確かにそちらの方向に、閉店した大きなスーパーがあるのを雄大も知っていた。電気が消え、がらんとした印象の店舗だけが残っているのだ。

「あとな、岡田、ゴンちゃんいるだろ、ゴンちゃん」

「ゴンちゃんゴンちゃん」と岡田は頭に拳を当て、記憶を呼び覚まそうとしている。

「ああ、あの、この間、当たった？」

「そうだよ。うちのベンツ凹《へこ》ませて、半べそかいてた、五十半ばのあの男。権藤《ごんどう》、とか言ったよな。あの、ゴンちゃんにそろそろ連絡取って、金もらっとけ」

具体的な話は分からないものの、聞いているだけで、いかがわしい雰囲気を感じる。最近観《み》たアニメの悪人たちが交わしていた会話と似ていた。関わり合いにならないほうがいいな、と距離を空ける。

そして雄大は知らず、溜《た》め息《いき》をついた。家が近づいてくるにつれ気が重くなる。横断歩道の縞模様《しまもよう》を見ながら、白い線だけを踏んでいく。幅があるので、飛び跳ねながらだ。最後まで踏み外さなければ、今日はお父さんが怒らない、と願掛けしている。

お父さんの帰りが遅ければいいな、とも思った。

渡りきったところで、岡田が立ち止まっている。下を向いていたため、ぶつかりそうになり、はっとした。

「なんて名前？」と岡田が、雄大に訊《たず》ねた。

「そんなガキに構ってるんじゃねえよ」溝口が面倒臭そうに言っている。

「速い乗り物に乗ると、時間の進みがゆっくりになるわけだ。アインシュタインが言ったように、運動しているもののほうが、止まっているものよりも、ゆっくりと時間が進むから」

男が喫茶店で新聞を読んでいると、隣のテーブルにいた二人の客のうち、年嵩《としかさ》のほうが突然、言いはじめた。白髪頭の男は深緑色のジャケットを羽織り、向かい合う背広姿のほうは、まだ若い。

男は営業職の外回りを仕事としている。午後になるとその店に立ち寄ることが多かった。たいがいぼんやりと何も考えず、新聞を読んだり、漫画週刊誌をめくったりすることが多いが、時には、自分の内側に溜まった不満を吐き出すために、携帯電話をいじくり、インターネット上に罵詈雑言《ばりぞうごん》のメッセージを送信した。それでストレスが解消することは稀《まれ》で、たいがいはその後で、妻にメールを送り、無理難題な依頼をし、時には、罵倒した。

その時も、午前中の職場で、「三十一歳であれば、もっと貫禄《かんろく》があるだろうが」と上司に嫌味をぶつけられたことに腹を立て、いったいこの鬱憤《うっぷん》をどうしてくれようか、と考えていたため、隣の客たちが何を喋《しゃべ》っていたのか分かっていなかった。

「それでタイムマシンができるんですか、教授？」若者が言っている。

タイムマシンとはまた、滑稽《こっけい》な単語が飛び出したものだ、と男は自然を装いながら、二人の様子を見た。地味なジャケットを着た年配の男は、大学の教授のようだった。二人とも真面目《まじめ》な顔で、もちろん雑談ではあるのだろうから、穏やかなやり取りだったが、まさに講義の一環とも窺《うかが》えた。

「速ければ速いほど、時間の進みはのろくなる。つまりね、もし、光速に近いロケットができて、君はそれに乗り、宇宙まで行って帰ってきたとするだろう」

「はい」

「そうすると、たとえば君が一年後に帰ってきたつもりでも、地球では二年が経《た》っていた、ということが起きる。つまり、君は一年かけて、さらに一年後の世界に到着したことになる。これも一つのタイムマシンだ。それにね、重力によっても時間は影響を受けるんだ。強い重力を受けたものも、時間がゆっくり進む。だから、強い重力を受けた場所で過ごした後で、戻ってくれば、やはり時間を飛び越えることはできる」

「強い重力を受けた場所ってどこなんですか」

若者は、年配の男の言葉にすぐに返事をするため、それは小気味好く交わされる、演劇の会話のように、男は感じた。

「たとえば、中性子星。地球の一千億倍の重力が働くんだ。まあ、実際にそんなところに行けば、人間は潰れてしまうが、理屈としてはタイムマシン代わりになる」

背広の若者はうなずく。うなずき、すぐに首を捻《ひね》る。「でも、それは何となく、私がイメージするタイムマシンとは違うような気がします」

「まあ、ダイヤルで、行き先の西暦を入力してそこに向かう、というのとは異なるからね。ただまあ、タイムマシンはまったくの、可能性ゼロの夢物語ではない」

「過去にも行けますか」

年配の男は芝居がかった顔で、かぶりを振った。「過去へのタイムスリップはまた別物なんだ。高速移動や重力装置では無理だ」

「教授、でも、私、光の速さより速く動いたら時間が戻る、と聞いたことがあります」

「ただ、相対性理論によれば、光より速く動くことは無理なんだ」

「あ、そうなんですか」若者は言うが、特別、がっかりした様子もない。

隣で話を聞いている男は、その暢気《のんき》に語り合う二人に、苛立《いらだ》ちを覚えはじめる。現実社会の問題や、自分の抱えるようなストレスとは無縁の、光の速さがどうこう、タイムマシンがどうこう、と議論することにいったい何の意味があるのか、と殴りかかりたくもなった。

「じゃあ、過去にタイムスリップして、自分の人生をやり直すなんてことは、あくまでも映画や小説の中の話なんですね」

「だがね、君」年配の男がそこで、少し軽やかな声を発した。「科学者の中には、屁理《へり》屈《くっ》を捏《こ》ねる者もいてね。光より速く動く物質があるかもしれない、と主張するんだよ。タキオンと呼んでいるんだが」

「あれ、でも、相対性理論によれば、光より速く動けるものはないんですよね」

「正確に言うと、光より速い速度に加速できない、ということなんだよ」

「どういうことですか」

「加速して光速を超えることはできない。これが、相対性理論のルールだ。が、科学者たちはこう考えたんだ。『では、加速するのではなく、もともと、光より速い物質があったらどうなんだ』と」

「それは仮定の話なんですか」

「そう。それが、超光速粒子タキオンだ」

「でも仮定の存在なんですよね」

男は隣で聞きながら、存在していないものを持ち出して真剣に議論できる感覚が分からない、所詮科学者など地に足のつかない仙人みたいなものだろう、と想像した。苦労知らずで、世間知らずのおぼっちゃんみたいなものじゃないか、といっそう苛々した。

「存在していないが、理論上は存在する。で、このタキオンが存在するのであれば、これは光速を超えられるのだから、過去へのタイムスリップにも応用できる」

「本当ですか」

「本当かどうかを訊ねられても困るが、理論上はそうだね」

理論上は、世界中の大量破壊兵器を無効にすることも、学校や会社での苛めをなくすこともできるんじゃないのか、と男はからかいたくなった。

「あとは、ワームホールを使った時間旅行、というのが有名だ」

「それは、聞いたことがあります。ブラックホールみたいな、穴のようなものがあるんですよね」

「まあ、それも現実に発見はされていない。だが、君」教授と呼ばれた年配の男は、若い男に質問する。「過去にタイムスリップができたとして、いつに戻りたいんだい」

「それならそうですね」と若い男は言った後、思わせぶりなほどたっぷりと無言の間を取り、まばたきを何度かやり、長い睫毛《まつげ》を目立たせると、科《しな》を作る素振りで、「教授に出会う前に戻りたいです」と言った。「こんな気持ちになってしまう前に」

男は反射的に二人をまじまじと見てしまう。教授と教え子との間の、年の差と性別の常識を超えた、禁断の恋愛の苦悩がそこにはあるようだった。嫌悪感を抱く。貧乏ゆすりが激しくなった。

「どうもこんにちは」目の前に現われた若者に、権藤は胃が痛くなる。先日、電話があり、「近いうちに伺いますから」と言ってはいたものの、勤務先に来るとは思ってもいなかった。彼らに奪われたのは運転免許証であったから、電話番号や現住所、氏名がばれたのは覚悟していたが、おそらくは、たちの悪い、金銭目当てのチンピラに過ぎないだろう、それ以上の興味を持たれることはないだろう、と予想していた。甘かったようだ。

「あの、今は仕事中だから」権藤はむすっと答える。

「権藤さん、ここはいいお店ですね」男は姿勢が良く、身体が引き締まって運動選手のような外見だ。が、大きな鯉《こい》の絵がプリントされたシャツといい、馴《な》れ馴《な》れしい振る舞いといい、不健全さもたっぷりと漂っており、近くにいると穏やかならざる不気味さを感じ取らずにはいられない。確か、岡田と呼ばれていた。「俺、文房具って好きなんですよ。いろんな種類があるし、どかっと売って、どかっと儲《もう》けるってのとは違うタイプじゃないですか。生活に必要だから、こつこつと売っていく、という感じが好きなんです。地道で、誠実で」

「ふうん」権藤は曖昧《あいまい》に返事をする。親しげな物言いの裏に何があるのか、勘繰った。

「あ、このお店、表札も作ってくれるんですか？　いいですね。俺のマンションにも、どん、と飾りたいな」

権藤が管理するその店は、敷地の大きな事務用品店で、文房具やパソコンの別売り付属品を販売する一方、表札作製や葉書作製の注文も受けていた。

「あの、何でここに？」権藤は訝《いぶか》りながら、小声で訊ねる。アルバイト店員たちが、ちらちらと権藤に目を寄越《よこ》してくるのが分かった。若く、態度の悪い客が、店長相手に難癖をつけている、と見えるかもしれず、そう思わせるためにも毅然《きぜん》とした態度を演じたかった。

「この間の件ですよ。俺たちの乗ってたベンツにぶつかってきたじゃないですか。バンパーべっこり、トランクもぐにゃん」

「あれから考えたんだが、あの時、君たちの車はブレーキを踏んでいなかったと思うんだ。ランプが点《つ》いていなかった」

衝突した際は、頭が混乱し、冷静さを失っていた。考え事をしていたために、停止のタイミングが遅くなった後ろめたさもあり、出てきた彼らの迫力にも押され、「免許証を出せ」と言われるのにも従い、「修理代は弁償する」と言質《げんち》も与えてしまった。が、よく思い出してみれば、もともとそのベンツの走行は不自然で、速度も遅く、急停止した際にもブレーキランプが光った記憶がなかった。

岡田青年が急に、顔を寄せた。権藤の耳元に口を近づけ、「ゴンちゃん、言いがかりはやめてください。俺はあまり気にしないんですけど、溝口さんはナイーブでナーバスな人間だから、濡《ぬ》れ衣着《ぎぬ》せられたらショックで何するか分からないですよ。『まるで俺たちが当たり屋であるかのような！』なんて言って、泣きながら、権藤さんの奥様に電話をかけるかもしれませんよ。『ゴンちゃん、薄着の女の子を乗せて、ドライブしてましたよ』とかね」と言った。抑揚はあまりなく、チンピラならではの小節《こぶし》の利かせ方もなかった。が、それだからこそ、頭にすっと入り込んできた。

当たり屋そのものではないか、と権藤は指摘したいのを堪《こら》えた。計画的であるのか、突発的な思いつきなのかは判然としないが、衝突を誘導されたのに違いない。ただ、岡田が言うように、妻の知らぬ女を、妻が許さぬ楽しみのために同乗させていたのも事実で、事を大きくしたくない思いがあった。

「店にまで来て、いったいどうしろと言うんだ」

「脅してるみたいに言わないでくださいよ、権藤さん。でも、俺たちのベンツが凹んだんだからその修理代金と、溝口さんのむち打ちの治療代はもらわないといけないから」

権藤は鼻息を荒くしつつも、反論はできない。

「今度、用意しておくから、いくらなのか言ってくれ」

岡田は嬉《うれ》しそうに目を細めた。「スムーズに行きそうで、俺、ほっとしました。生きている中で、やっぱり、誰かと揉《も》めることが一番切ないですからね」

当たり屋とは、揉めることを仕事としているようなものではないか、と喉まで出かかる。

「でも、その権藤さんの素直さに甘える形で申し訳ないんだけれどね、実はお願いもあって」

権藤は周りを窺い、「何だ」と訊ねる。

「まだ、ぼんやりとしか作戦を考えていないから、詳細は決まっていないんだけれど」

「何の話だ」

「俺に殴られるところを、撮影させてくれないかな」

いったい何の話か、と権藤は目を丸くする。「暴力反対」と口走っている。

「いや、ふりだけだから。それを写真で撮る」

「ばら撒《ま》くのか」自分の情けない姿を、家族や職場の人間に見せ、笑い者にするのか、と想像し、腹が立つ。

「違います。そのへんは安心して。権藤さんはただの出演者だから。演技力、期待してます」

岡田は、少年の背中を見て、「ああ、これはまた大変だな」と思わず、言っていた。

三日前、横断歩道の前で、溝口がシャツをめくり、「父親に虐待されているんだな」と鑑定した、その少年だ。学校帰りであったから、同じ時刻に同じ場所を訪れればまた会えるだろうな、と単純に考えていたところ、その通り、容易《たやす》く再会できた。

岡田は、状況を把握できずにおろおろしている少年に、先日教わったことから、「坂《さか》本《もと》雄大」という名は分かっていたのだが、その雄大少年に、「俺、医者だから怪我の具合を見せてくれないかな」と嘘《うそ》をつき、道の端まで引っ張った。そして、少年が混乱しているうちに、シャツをめくった。

三日前に溝口が確認した時と同じような傷があったのだが、その上からさらに、斜めに走る青痣があった。

「これは新作の傷だなあ」岡田は、少年と同化せぬように気をつけながら、言う。他人に必要以上に同情や共感を抱くことは、苦手だった。ろくな結果を生まないことを、経験上知っている。子供の頃からそうだった。困っている誰かの役に立つだろうか、と行動すれば、「余計なことをするな」と怒られた。特に母親から怒られた。他人なんてどうでもいいから、まずは自分の成功を考えなさい、と。

触れると、少年は痛がる。「お母さんはいないのか？　お父さんのこういうことを止めないのか？」

「止めたら、お母さんが殴られる」

そうか、と岡田は言う。「お母さんを守ってるんだな。偉いな」

少年は褒められると思っていなかったのか、不意打ちを食らったかのような面持ちで、口をへの字にした。感情がこぼれるのを堪えている。

「お父さん、何で、君にこんなことをするんだ？　昔から？　仕事がなくて困ってるとか？」

「仕事はしてるよ。いい会社なんだって」

「いい会社ねえ。羨《うらや》ましいな。何歳なんだっけ」

「確か、三十一歳」

「そりゃまた若いお父さんだな」十歳の息子がいるのだから、二十歳の頃には結婚していたのかもしれない。

少年はうなずく。

それから岡田は、父親の暴力について聞き出そうと質問を重ねるが、少年はなかなか答えない。見ず知らずの、明らかに不審人物たる岡田と会話をすることに抵抗があるのだろう。そして、それ以上に、少年自身にも、父親の行為が悪いことだと捉えられていない節もあった。

まずは、少年を殴る際に使用しているものが、細いロープに結び目を作った、手製の道具であることを聞き出した。

「どこかの看守が、囚人相手に使いそうだな」と岡田は呟《つぶや》いたが、雄大には意味が分からないようだった。

それから、当然のことながら、父親はその暴力を、暴力ではなく指導もしくは躾なのだ、と少年に刷り込んでいることも判明する。

殴られるのは僕が悪いことをするからです、と弱々しく雄大少年は告白したが、具体的にその、「悪いこと」の内容を引き出せば、「悪いこと」とは思えぬものばかりで、岡田はげんなりした。

「これ、写真撮らせてもらうぜ」

「え」

有無を言わせず、岡田はポケットから取り出したデジタルカメラで、少年の背中を撮影した。逆光になり、何度か向きを変えた。

「ちょっと、どういうこと」少年がさすがに訝り、怯《おび》えはじめる。

「この傷は大きいから、分かりやすい」岡田は言い、「他に何か、目立つほくろだとか怪我の痕だとかないか？」と質問する。

「ほくろ？」少年は弱々しく囁《ささや》く。「それなら」と自分の背中の右肩あたりに手をやった。「このへんに、あるかも」

岡田は服を引っ張った。確かに、一円玉ほどの大きさの黒いほくろがあった。「これはいい。お父さんはこれ、知ってるか？」

「うん。目ん玉みたいで気持ち悪い、とか言って、怒るし」

「言いがかりもいいところだな」

「言いがかり？」

「良い係」と「悪い係」があるかのような発音に、岡田は苦笑する。「おまえのお父さんはやりすぎだよ」

少年は応えなかった。

「おまえは、他の父親を知らないだろうから、俺が教えてやるけど、これは明らかにやりすぎだ。俺の親も自慢できるほうではなかったけれど、おまえの親も相当だよ。お父さんにもいろいろ事情はあるのかもしれないけどさ、おまえはまったく悪くないよ」

「でも」

「まあ、溝口さんが言うには、こういう家庭内の暴力をやめさせようにも難しいらしいんだよな。だから、おまえはとりあえず、大人になるまで頑張って、耐えるしかないわけだ。逃げてもいいし」

「逃げても？」

「暴力振るわれそうになったら、その時だけでも避難しろよ。別に、親父に歯向かえってわけじゃないし、父親を嫌いになれってわけじゃない。ただ、どんなに親しい犬でも、そいつが咬《か》もうとしてきたら、避《よ》けるだろ。雨が降れば傘を差すし、スズメバチが襲ってきたら、一回家に逃げ込む。それと同じだ。親がどんなに好きでも、殴られそうになったら逃げろ。で、つべこべ言ってきたら、『お父さんは好きだけれど、痛いのは嫌いだ』と言い返せ。お父さんと暴力は別物だ」

「別物？」

「そうだ。暴力は最悪だけどな、その人間が最悪ってわけじゃない」

「そうしたら、大丈夫？」少年が縋《すが》るような目を向けてきたので、岡田は顔をしかめる。

「まあ、大丈夫ではないな。応急処置みたいなもんだ。で、とりあえず、俺のほうでも、がつんとやっておくから」

「お父さんを殴るの？」

「殴ってほしいのか？」

少年は首をぶるぶると左右に振る。

「けなげだねえ。安心していいよ、俺も暴力を振るうつもりはない。だいたい、そういう奴は、自分が殴られても怒るだけなんだ。溝口さんも言ってたしな。もっと、心理的に、『虐待したらまずいぞ』と植え付けないと。いいか、そういう親は自分が完璧だと思い込んでいる。自分が一番正しい、とな。俺の母親と同じだ。それを逆手に使うしかない」

「どうやるの？」

「おまえにもいろいろ頼むことになるとは思うけど」岡田は自分が持っていた紙袋から、小さなケースを取り出す。ＤＶＤソフトが一枚入っているだけの、薄いケースだ。「これ、家で観られるか？　操作できるか？」

「うん」少年はうなずく。

「お父さん、こういう映画、観たりするかい」

それは、映画『ターミネーター』が収録されたディスクだった。

「映画は好きみたい。よく観ているし」

「じゃあ、お父さんがいる時に、これを流してくれないか。無理はしないでいいけどな、もし、観られるなら一緒に観たらいい。未来から来た男と戦う話だ」

「え」

「最初のほうで、でかい男が未来からやってくる場面がある。タイムマシンで到着した時には、服がなくて、素っ裸なんだ」

「観たことあるかも！」

「お父さんも観たことあるかもしれないし、もし、ＤＶＤを観ることができなくても気にしないでいい。できたら、でいいんだ。もしチャンスがあったら、お父さんに言っておいてくれよ。『どうして、この映画で、裸の人がやってくるの』って」

「お父さん、答え、知ってるの？」

「知らないだろうな。答えなんてない。ただ、お父さんの頭に、裸の男のことを印象付けたいんだ」

不思議そうな顔をしつつも少年は、うん、と言い、その後で、「分かった」とうなずく。

「よし」岡田は笑みを浮かべ、少年のランドセルを優しく叩いた。「そうだ、お父さんの写真とかある？　これから一緒に家に行くからさ、ちょっと探してよ。お母さんには内緒がいいんだけど。あと、お父さんが家に帰ってくる時間とかも教えてくれないか」


「おまえも本当に物好きだねえ」溝口は自動販売機の、つり銭が出てくる小窓をかちゃかちゃいじくりながら、言った。岡田と一緒に、閉店したスーパーマーケットの店舗まで来ている。オーナーだった人間から、店舗内に残った商品を処分する余裕もないから、換金できそうなものは持っていってくれ、持っていかないのであればどうにかしてほしい、と頼まれていた。前回、一度、店の様子を見にやってきたが、店の入り口のシャッターが開かず、出直すことになった。「あの時、見かけたガキのことに首突っ込んで、何かいいことあるのかよ」

「いいことはないですけど、どっちみち暇ですから」岡田は冗談めかすでもなく、表情を変えずに言った。

「あ、これ、できたってよ」

溝口は頼まれていたものを思い出し、ジャケットのポケットから取り出した免許証を、岡田に手渡した。偽造したものだった。

「ありがとうございます」受け取った岡田は、紙幣の真贋《しんがん》を確かめるかのように、その偽造免許証を太陽に翳《かざ》すようにし、「本物そっくりですねえ」と唸《うな》った。

「それ、あれだろ、こないだのゴンちゃんの免許証を元にしているんだよな。いまどきの偽造業者にはそんなのちょろいらしいぜ。で、その名前って誰なんだよ。ゴンちゃんの名前とは違うだろ。実在するのかよ」

「実在します」岡田は言い、それから、「あ」と声を発したかと思うと、その偽造免許証を申し訳なさそうに戻してきた。「溝口さん、すみません、お金はもう一度払いますから、これ直してもらえませんか？」

「直す？」

「ここ、更新期限が違ってます。『平成』じゃない漢字にしてもらいたかったんですけど」

「何だよそれ。知らない漢字が並んでいたから、単なるおまえの書き間違いだと思ったんだが。俺が気を利かせて、直して、頼んだんだよ。あんな元号あるのかよ」

「さあ」

「さあ、って何だよ」

「あと、この免許証の大きさを一回り小さくしてもらえると」

「そういえば、そんなことも言ってたな。でも、偽物ってすぐにばれるぞ」

「微妙に違うほうがいいんです。お金は払うので」

「いいよいいよ」溝口は手を振る。「俺が、おまえの要望に応えてなかったんだから。理由は分からねえけど、おまえにとって必要ならそうしてやるよ。これ作った奴には貸しがいくらかあるんだ。これくらいただで作り直させる」

助かります、と岡田が頭を下げる。生真面目な男だよな、と感心してしまう。非合法なことをやり、他人の不幸や失敗を利用し、報酬を得ているものの、それも溝口が仕事を頼むからこなしているだけのようでもある。いずれ、と溝口はふと思った。いずれ、俺の前から不意にいなくなることがあるかもしれない、と想像した。思春期を過ぎ、反抗期を抜けた息子が、「そろそろ、一人暮らしをしようと思うんだ」と言い出すのと同じ軽やかさで、「そろそろ、この仕事、向いていないような気がしてきました」と話をする時が来るのではないか、と。その時に自分はどう対応すべきなのか。今から想像する余裕はないが、それを想定しておく必要はある、と思った。

よし入るか、と溝口は、店舗の窓ガラスに近づく。そういえばシャッターどうやって開けるんですか、と岡田が訊ねてくる。「依頼主が言うには、こうしていいんだと」と溝口は言い、落ちていた拳大の石で、店のガラスを割った。音を立て、ガラスの欠片《かけら》が勢い良く落下する。窓枠にしがみつくようにして残っている破片を、丁寧に落としていった。怪我をする気はないため、慎重に窓の桟《さん》に手を置き、「せえの」と跳躍し、店の中へと入る。

「いいんですか」岡田も後に続いてくる。

店の中は暗く、湿った匂いがした。

陳列ケースには商品がぽつぽつと残っている。整理が中途半端な印象だ。営業中には見えないが、廃屋には遠い。改装準備中といったところか。

「俺にも詳しいことは分からないんだけどな、いろいろ壊したりしたほうが、保険の関係であっちも得することがあるらしいんだ」

「俺も半信半疑だ。ただ、荒らしてくれと言われたのは確かだ。事情があるんだろ」と言って、溝口は手近にあったカップ麺《めん》の山を床に落とした。小さな雪崩《なだれ》が起きる。

岡田も、溝口に倣い、隣の商品を片端から崩した。

しばらくは二人で黙々と、店内の破壊活動に勤《いそ》しんだ。

「おまえ、暇つぶしで、人助けするのもいいけどよ。その偽造免許証やら何やら、金も結構、使ってるじゃねえか」気にかかり、溝口は言ってしまう。

「人助けって感じじゃないんですけどね。まあ、お金の使い道って他にないですし、面白おかしく使おうかな、と思ったんです。あとは、何か、ゴンちゃんが意外に乗り気になっちゃいまして」

先日、ベンツに追突して青褪《あおざ》めていた、文具店で働く男を思い出す。五十半ばとはいえ、すでに引退したかのような疲れを浮かべ、融通のまったく利かない頑固な男に見えた。日ごろからむすっとしているタイプなのだろうが、野蛮に振る舞う溝口たちには怯え、言いなりになった。同乗していた若い女も、権藤に愛情を抱いているというよりは、惰性で付き合っている様子があり、浮気中だとしても活気がねえな、と溝口は思っていた。あの権藤が乗り気になる姿はうまく想像できなかった。

「岡田、おまえって意外に、余計なおせっかいをする男なんだな」

「ほんとですか」

「子供の頃は意外にそうだったんですけどね」

「嘘つけ。おまえみたいな奴は、子供の時も、ぶすっとしてたに決まってんだ」


「岡田さん、できたよ、これ。どうだい、いいだろう？」

前にいる権藤が紙を見せてくる。四角い輪郭に、眼鏡をかけた顔だ。はじめて会った時や店で対面した時には、人生も下り坂の、生気なしの男だと感じていたが、今は、プール通いに高揚する小学生のように目を輝かせている。

岡田の住むマンションだった。コンクリート打ちっ放しの、家具もほとんどない殺風景な部屋で、テーブルもない。ベッドが壁際にあり、あとは、昔買ったスニーカーの箱が積み重なっているだけだ。

権藤は冷たい床に、岡田がそうしろ、と命じたわけでもないのに正座をしている。紙に目を通す。二種類だ。一つは、Ａ４のコピー用紙の白黒印刷で、いかにも素人の自家製、といったもので、「先日の爆発音と不審者について」とタイトルがある。町内の回覧板に差し込む紙のように、と依頼した通りの仕上がりだった。

記された内容はこうだ。

三日前の深夜、閉店したスーパー〈ミヤタ〉の店舗から、小さな爆発音が聞こえた。原因は分からない。店内の破損状況を見ると、何らかの小さな爆発があったのは間違いなく、音が鳴ったのと同じ頃、全裸の男性が近隣の住人から目撃されている。全裸男の行方は分からず、被害も特にはない。警察が調査をしている段階ではあるものの、町内のみなさまも外出の際には気をつけるように。

「でも、回覧板にこれを挟んだとして、そのお父さん、読むのかねえ」権藤が首を捻る。自分が作った力作が、日の目を見るかどうか心配しているようでもあった。

「雄大が言うには、父親は結構、回覧板を読むらしいんです。もちろん、毎回、全部に目を通すかどうかは分かんないけれど」

「息子を虐待する男が、町内の回覧板なんて読むかい？」権藤はさらに訝しげだった。

「まだ、三十過ぎの男だろ。町内会に関心があるとも思えない」

「いや、反対に」岡田は自分の考えを口にする。「虐待に関することが気になって、町内の話には敏感なのかもしれない」

「どういうことだ」

「近所で、虐待が話題になっていないか、役所や児童相談所からの新しい知らせが入っていないか。息子や妻がどこかに告げ口していないか、とか。そういったことをチェックしているかもしれない」

「いや、別に読まなかったならそれはそれでいいんですよ。一生懸命作ってくれた権藤さんには悪いけど、こういうのは、いろいろ仕掛けて、どれかに引っかかってくれればいいな、というものだから」

「そうかなあ」

「こっちも力作なんだがな」

権藤が鞄《かばん》から出したもう一つの紙は、新聞紙だった。正確には、新聞紙そっくりに作った、ものだ。権藤の店の機械で印刷できたらしい。

「凄《すご》いな、本物の新聞みたいだ」

「これはなかなか結構な技術なんだ」権藤は誇らしげに、鼻の穴を膨らませた。「今朝の朝刊をスキャンした後で、ここの記事だけ差し替えて、もう一度、印字した」

捏造《ねつぞう》してもらった記事はこうだ。一面に、「加速器で超光速粒子タキオンを発見」と見出しがある。

こう続く。「自然界の物質を構成する基本粒子クォーク4個でできたとみられる、超光速粒子タキオンを発見したと、高速粒子研究機構（茨城県つくば市）などの国際共同研究グループ『GOND』が5日、米国で開催中の高エネルギー物理学国際会議で発表した。クォークは単独で存在できず、3個が組み合わさって陽子と中性子、2個で『中間子』という粒子をつくる。研究グループは昨年、4個からなる可能性が高い別の粒子を見つけているが、今回、同様の発見が相次いだことで、『超光速粒子という、物質の新しい存在形態がより確実になった。理論上は、タキオンにより光速を超える物体を構築することも可能で、10年以内には時空を超えた移動も現実味を帯びるのではないか』という」

岡田が作り出した文章だ。元ネタはもちろん、あった。ネット上で、「新粒子発見」と検索をし、二〇〇八年八月五日、共同通信の『クォーク4個の新粒子か 加速器で3種を発見』の文章を見つけ、それを加工して作ったものだ。もちろん、書き直しを行った岡田自身にも、何が書かれているのか、その内容の意味はまったく理解できていない。記事の文章中のあちらこちらを機械的に、「超光速粒子タキオン」で置換しただけなのだ。おそらく、これを読んだ者の大半がちんぷんかんぷんだろうが、重要なのは詳細な内容ではなく、もっともらしさだと岡田は考えていた。グループ名を、「権藤」にちなんで、「GOND」としたのはお遊びだ。

「これ、どういう意味なんだい」岡田に頼まれるがままに、この偽新聞を作った権藤も、中身は分からなかったのだろう。

「いや、俺も何書いてるのかさっぱり分からないですよ」岡田は正直に言う。「むしろ、分かりにくいほうがいいと思うんだ。何だか、小難しい学者たちが、タキオンという物質を発見したぞ、とぼんやり思い込ませることができればいいから」

「タキオンっていうのは何なんだい」

「この間、漫画を読んでいたら載ってたんですよ。タイムマシンとかタイムスリップの話で、それによれば、光より速い粒子タキオンってのがあれば、過去にも行けるかもしれないって話で」

「そうなのか？」

「まあ、理論上だけのことみたいですけどね。世の中のことは何でも、理論上はうまく行くんですよ」

「理論を邪魔するのは何だろうね」

「感情じゃないかな」岡田は即答する。

「ワームホールというのなら聞いたことがある。ブラックホールみたいなものか」

「ワームホールの入り口と出口があって、時空がねじれたそのホールの中を通って、過去に行く。漫画にもそう書いてありましたよ。ただ、そっちはいかにもな感じがしますからね」

「いかにも、とは」

「作り話っぽいってことですよ。日常会話で、ワームホールなんて言われたら、漫画や映画のことかと思うかもしれない。タキオンのほうが何となく、ワームホールよりは耳慣れないだけに」

権藤は自分の顎鬚《あごひげ》を触りながら、「で、もう、そのタキオンの話は、あいつに聞かせたのか」と言ってくる。

「一週間くらい前かな、喫茶店で、あの男の隣で、これ見よがしに話を聞かせたんです。教授と学生の会話らしく装って、タキオンとタイムマシンの話をしてもらった。俺は後ろで観察していたんだけど、あの男、かなり聞いていましたよ」

教授役も学生役も、岡田の知り合いに演じてもらった。

溝口や岡田がこなす非合法な仕事の大半は、毒島という男から発注されるもので、つまり、岡田たちは下請けや孫請けの、現場作業者といったところなのだが、同じような下請け業者の幾人かとは面識もあり、協力関係にあった。健全な精神の持ち主は少ないものの、仕事の関係においては信頼でき、今回も、その知り合いの二人を頼った。彼らは、「喫茶店で、不可解な会話を交わすだけで報酬がもらえるのか」と驚きつつも、愉快に感じたようで、完璧にそれをこなした。もともと、人を脅すのが得意な者たちは芝居がかったことも苦ではないのだ。

「じゃあ、あとはこの新聞を作る日を指定してくれたら、朝一番で、朝刊を取り込んで、この偽記事を盛り込んだ偽造新聞を作るよ。一部でいいのかい」

「そうですね。雄大の家に配達する分だけだから」郵便ポストに入った当日の新聞を、加工したものと入れ替えるつもりだった。そうして、その、「タキオン発見」記事を、雄大の父親に読ませたかった。

「権藤さんには本番前に、もう一つやっておいてもらわないと」

「あ、そうだったな。今日はそれが目的だ」権藤は言い、手鏡を持って自分の顔を確認する。もう一方の手には、男の写真があった。雄大から受け取った、父親が写ったもので、どうやら数年前のものらしい。

「意外に権藤さんが似ていて、好都合でしたよ。背もほとんど同じみたいだし。眼鏡もかけているし」

先日、喫茶店で見た雄大の父親は中肉中背だった。もし、背が高ければ、権藤の靴に細工も必要かと考えていたが、問題はなさそうだった。眉が、本物よりも濃いため少し薄くしたかったのだが、権藤は剃《そ》ることにも抵抗を示さず、「いいね。徹底的にやろうよ。私も、彼になりきるから」と言った。「できれば、本番前に本人を見ておきたいがね」

「それはいいかもしれない。そこまで考えてはいなかったけれど、でも、権藤さんが、あの、雄大の父親を捜して、近くをうろうろするのは、役柄としてもありうることですからね。現実味がありますよ。むしろ、近くの家に聞き込みをしてもいいかもしれない」

「本人にそれとなく、気配を感じさせるわけか」権藤の面持ちはすでに、任務を負った間諜《かんちょう》のような貫禄を見せはじめていた。「いいねえ、スパイにでもなった気持ちだ」

岡田は一瞬きょとんとした。権藤が、「どうかしたのか」と訊ねると、「ああ」と我に返ったかのようになり、「昔、俺の同級生が」と口にした。

「同級生?」

「その父親がスパイだったもんだから」岡田は詳しいことを説明するつもりはなく、肩を小さくすくめただけだった。

それから岡田は部屋の真ん中で、三脚の上に設置したデジタルカメラを覗《のぞ》き、「よし」と手を叩いた。「じゃあ、撮影してみましょうか」と言い、自分のシャツを脱ぐ。筋力トレーニングをしている際の感覚が甦《よみがえ》るためか、自然と、拳を構えて、シャドウボクシングの真似《まね》をはじめてしまう。

「おい、お手柔らかに頼むよ」

「本当に殴ったり、蹴ったりはしないから、大丈夫ですよ。写真にうまく写るようにやります」

「その背中の傷は、また、凄いな」権藤は目ざとく、岡田の背中に気づいた。

「結構、うまくできてますよね。これ、シールなんですよ」部屋の壁に立てかけた姿見に背中を映し、岡田は自分で確認する。こういう小道具を作るのが上手な人間はあちらこちらにいる。「ここの、ほくろもそうですけど」と右肩あたりの円形の黒い部分も指差す。「近くで見れば、すぐばれますけど、写真ならたぶん、それらしく見えるはずです」

「そういう特徴があるのか、その子には」

「ええ、あるんです」

「じゃあ、その傷とほくろが見えやすい角度で、撮影したほうがいいんだな」権藤は部屋で立ち位置を検討しはじめる。

「動画で撮影して、それっぽい部分を切り取って、写真にします」

「それらしい、とか、それっぽい、とかばっかりだな」

「人を騙《だま》すには、真実とか事実じゃなくて、真実っぽさなんですよ」岡田はうなずく。人を陥れる仕事をいくつもこなしてきた経験からくる、確信だった。


その日、坂本岳夫《たけお》が朝起きると、妻と息子の雄大の姿はなかった。俺が寝ている間に無断でいなくなっているとは、家の主人をどう考えているのか、と瞬時に怒りが身体を巡ったが、食卓の上に置かれたメモを見て、納得する。土曜日とはいえ、小学校で行事があるとのことだった。父兄が来ることも推奨されているらしく、一ヶ月ほど前に妻から、「あなたも来てくれませんか」と相談を受けたのを思い出した。坂本岳夫は一蹴した。日々の仕事の疲れを取るための休日に、わざわざ子供の行事でエネルギーを費やす理由が分からなかった。家でいつも惚《ほう》けているだけのおまえが行けばいいだろう、と言うと、「わたしはもちろん行くんですが、あなたも来てくれたら、雄大も喜ぶと思うんです」と口答えをするので、ベッドの脇に置いたロープを手に取った。結び目を作った、仕置き用のロープだ。持つだけで、妻は黙った。何事《なにごと》も躾が大事だとつくづく思う。

妻たちは学校へ出かけたらしく、朝食が食卓に用意されていた。俺を起こしても怒られるだけだと思っていたのだろうな。その通りだ。賢明だ。が、彼女が賢明であることを認めてはならない。帰ってきたならば、「どうして起こさなかったのか」と叱るべきかもしれない、とも考えた。

坂本岳夫は三十一歳で、妻も同じ歳《とし》だ。世代としては、男女平等が根付き、男も家事を分担するのが当たり前と言われてきたが、坂本岳夫はそれほどくだらぬ考え方はない、と常に感じてきた。鉄拳制裁を禁じられた教師は生徒から侮《あなど》られ、優しい人間であることにこだわりすぎた男は、女に利用される。誰が一番強い存在であるのかを、他者に徹底的に教え込むことで秩序は維持できる、と子供の頃から、父の振る舞いを見ることで学んだ。

食卓には回覧板が置かれていた。椅子に腰掛け、それに目を通す。町内清掃の日程や高齢者向けの検診予定表が挟まっているのだが、目を引いたのは、「先日の爆発音と不審者について」という一枚だった。近くの閉店したスーパーで小さな爆発があったという。坂本岳夫は知らなかった。が、先日、通勤中に通りかかったところ、驚くほど店内が荒れていたのを思い出した。乱暴な少年たちが深夜に溜まり場としているのかと想像したが、あれが爆発の跡だったのかもしれない。その近くで、全裸の男が目撃されているとの情報も書かれていた。

変質者か。

その時、坂本岳夫の頭の隅を、先日、家のテレビで観た映画の場面が過《よぎ》ってもいた。息子の雄大が、「これ観たいのだけれど」とおどおどと言い、出してきたDVDだった。はじめは理由もなく、却下しようとしたが、珍しく息子が執着しており、さらには、坂本岳夫自身も映画は嫌いではなかったため、再生を許可した。

そのSF映画の冒頭あたりで、男が、小さな爆発めいた現象とともに未来からやってきた場面があった。服は着ておらず、全裸でしゃがむ、筋肉質の男だ。

来客があったのはそのすぐ後だった。チャイムが鳴る。インターフォンの画面を見ると、白髪頭の男がいた。五十代半ばといったところだろうか、眼鏡をかけ、ぺこりと頭を下げる。「坂本岳夫さん、いらっしゃいますか」と言う。

訪問セールスのたぐいか、と判断し、坂本岳夫は無言で、インターフォンを切った。

もう一度、チャイムが鳴ったが、無視をした。

それから一時間後、坂本岳夫は、その男と会う。

朝食を終え、普段着に袖を通し、洗車でもするかと庭に出た際に、玄関のところに男がいて、笑みを浮かべ、近づいてきたのだ。

ふん、と坂本岳夫は不愉快を隠そうともせず、顔を背けたが、そこで、「話を聞いてください」と男は声を発してきた。

「あのね、迷惑だから、どっか行ってくれないかな」坂本岳夫は手を振る。

が、そこで男は朗らかに、「いやあ、懐かしい」と言った。

坂本岳夫は意表を衝《つ》かれ、男に近づく。「懐かしいな」「懐かしい？　知り合いですか？」

「知り合いといえば知り合いだけれど、いや、その応対の仕方が懐かしいな、と。その車も懐かしいなあ。まだ壊れる前じゃないか」

「壊れる？　何言ってんですか」さすがに坂本岳夫もむっとし、言葉を強くしていた。

「それ、そのうち、初心者運転の車にオカマ掘られるんだよ。覚悟しておいたほうがいい」

「あのさ、おじさん、ふざけてるなら警察呼ぶよ」

「今、西暦何年？」男の問いかけに、坂本岳夫は首を傾《かし》げるしかない。「確か、来年くらいだったかな、事故に遭うのは。ショッピングモールに出かけた時に、信号待ちで、後ろから軽自動車がどかん、と。怪我はないけど、車は修理工場行きになる」

「あのさ、おじさん何なんだ」

「信じないだろうけどな、落ち着いて聞いてくれよ」

「落ち着いてるよ」

「俺は二十年後の君だ。俺は君で、君は俺なんだ。仲良くやろうよ」男は言った。

意味が分からず、眉をひそめる。そして、最近、この近隣を、自分のことを聞きまわっている男がいると耳にしたのを思い出した。息子や妻への暴力について、どこかの役人が調べているのか、と思ったが、もしかするとこの男がその張本人かもしれなかった。

男は、ポケットから蛍光色の財布のようなものを取り出し、中からカードを取り、ぐいっと向けてきた。

免許証だとは分かった。が、すぐに、免許証なのか？　と疑問も湧く。免許証に実によく似ているのだが、ところどころ違和感があるのだ。大きさは微妙に異なり、色合いも、自分が持っているものとは違う。何だそれは、と訝るが、そこに書かれている、「坂本岳夫」の名前にはっとする。咄嗟《とつさ》に、ひったくるようにしていた。まじまじと見る。写真は、目の前の男のものだ。名前は、自分と同じで、生年月日も同一だった。住所は、今、自分の家のあるこの場所とは少し違う。さらに、更新期限として書かれている元号が未知なるものだった。

気味悪く感じながらも、「何だよこれ、おもちゃか」と坂本岳夫は鼻で笑ったが、それとほぼ同時に男が、「何だよこれ、おもちゃか」と口にした。こちらがその台詞《せりふ》を発するのも予期していたかのような、口ぶりだった。

「さっきも言った通り、俺は、二十年後の君だ」と男は言う。

坂本岳夫は鼻白み、これは怪しげな人間につかまってしまったぞ、と怯《ひる》む。その場から遠ざかろうとしたが、それを、「話を聞いたほうがいい。君の未来のことだ」と男が呼び止めた。「つまり、俺にも関係してくる」

「あのね、何言ってんですか。未来って何？」坂本岳夫は吐き捨てるように言った。同時に、何日か前の新聞記事を想起した。一面に載っていた、新しい粒子か何かの発見記事だ。その粒子が存在するのであれば、時空を超えた移動も現実味を帯びてきた、であるとか、そういった話が、頭の中でふつふつ泡のように浮かび上がり、ぱちんぱちんと破裂する。

まさかな。

「これを見てほしい。見るだけならば、損はないはずだ。俺は別に何かを売りつけるわけでもなければ、勧誘をするつもりもない。ただの忠告だ。俺自身のために忠告に来たんだ。金を払えというわけではない。聞いて損はない。というよりも、聞かないと後悔する。俺が今、二十年前のことを後悔しているように」

男が言って、出してきたのは写真だった。やはりそれは、通常見るサイズとは違っており、はがき大よりも大きいものだった。二人の男が立ち、一人は上半身が裸であるため、いかがわしいものかと思いそうになる。よく見れば、手前にいる若い男が、おそらくは二十代後半のようだが、男に暴力を振るっている場面だった。身体が曲がっているため、はっきりとは分からないが、攻撃を受けているほうは明らかに、今、坂本岳夫の前にいる男だった。殴り、蹴り付けるところを、連続撮影でもしたのか、その二十枚ほどの写真を続けて眺めていくと、アクションシーンを再生するような感覚がした。

「これは」

「それは、俺が暴力を受けているところだ。暴力を振るっているのは、ほら、分かるかい」男は頬を引《ひ》き攣《つ》らせ、写真上の若者の背中を指差した。

目を凝らし、首を捻る。こんな男は見たこともない、と怪訝《けげん》な思いが胸を満たすが、その胸の黒々とした雲の中から、鉤《かぎ》のようなものがするすると伸び、頭に進入し、記憶の中を引《ひ》っ掻《か》き、ある連想を導いた。「雄大？　そうなのか？」と言葉に出す。背中の右上あたりの、一円玉大のほくろには見覚えがあり、さらには背中に見える斜めの痣は、自分がロープで殴った際にできた息子の怪我とよく似ていた。もちろん、体格や年齢はまるで違う。

「二十年後の、雄大だ」男が眼鏡をいじる。心なしかフレームの素材も、馴染みがないものに見える。

「どういうことだ」

「これは、俺が部屋にカメラを設置して、撮影したんだ。証拠写真としてな。警察や役所に見せるためじゃない、俺に見せるためだ。二十年前の俺、つまり、君に」

「そんな馬鹿な」坂本岳夫は苦笑する。が、冷静な思考を、もっとあやふやな要素が取り囲んだ。たとえばそれは、スーパーの荒れた店内であったり、聞き慣れぬ科学の話であったり、目の前にいる男が見せた写真であったり、した。二十年後の自分がこの男なのか？　老け、清潔とは言いがたいこの男が？　頭の中が空白になり、足元の底が抜けたような心許《こころもと》なさに襲われる。

「俺は、息子に暴力を振るってきた。妻にも。君もよく知っているだろう？　俺は君なんだから」男は眉根を寄せ、口元を歪《ゆが》める。「ロープで殴った。自分の罪を告白するようでもあり、それで問題はないと思っ蛮勇自慢のようでもあった。ただの躾だからな、それで問題はないと思っていた。ただな、二十年経ってみろ、息子の雄大も大きくなる。その当たり前のことが、俺の考えから抜け落ちていたんだ。息子は、いつまでも子供じゃない。ぐんぐん身体を大きくし、力をつけてくる。だから、だ。今度は、日々、あいつが、俺に暴力を振るってくるんだ。写真を見ろよ。これが日常茶飯事だ。骨が折れたこともあれば、肌を焼かれたこともあった。もうな、実は限界まで来ているんだ」

「生きているのがつらくてたまらないんだよ」男は悲しげな表情になり、坂本岳夫はまさに、その苦痛に同調する思いになり、胸の芯《しん》をつかまれた。

「限界?」

「そんなにか」

「そんなにだ。で、こうして君に忠告に来た。今なら間に合う。家族に暴力を振るうのはやめろ。少なくとも、暴力は抑え気味にすべきだな。今のまま続けていれば、二十年後、間違いなく君は、今の俺だ。息子の暴力で、地獄のようだ」男は言うと、ジャケットの袖をすっとめくり、左手首についた傷痕を覗かせた。「何度も死のうと思ったけどな、そのたび、雄大に生かされた。楽には死なせないつもりらしい。あいつの恨みはまだ、晴れないんだと」

坂本岳夫は、男をまじまじと見る。あの雄大が、そのような存在になるとは、想像もできなかった。小学生の、ひ弱な少年に過ぎないではないか。が、将来、あの息子がそのような、暴力の怪物と化すのかと考えると、ぞっとしたのも事実だ。

「あ、君さ、というか、俺だけれど」男がこめかみを掻き、言いづらそうに言う。「たぶん、それならいっそのこと、雄大をもっと酷《ひど》い目に遭わせよう、とか思ってないだろうな。というか思うよな。俺には分かる。俺なんだから。やられる前に、息の根を止めておくか、とかな」

「まさか」坂本岳夫は即座に否定した。暴力を振るうことと、息子の命を絶つこととはまるで違う次元の話だ。ただ、目の前の男に断定されると、それを認めなくてはならない気持ちになった。

「いいか、もし、そんなことをしてみろ。それはもっと地獄だ。息子を殺したりなんかしたらな、二十年後の君はこうだ」と男は別の写真を寄越した。それは、先ほどまでのものとは異なり、薄汚れ、四辺に小さな破れ目もあった。色も、あせている。そこには、どことも知れぬ河川敷で、襤褸《ぼろ》切れを纏《まと》う男が写っていた。

「それは」

「この写真はな、俺が二十年前にもらったものだ」

「誰に？」

「俺にだよ」男は歯を見せた。「俺が三十過ぎの時にも、やっぱり、二十年後の俺が来たんだ。この写真に写っている、この、痩《や》せ細って、ぼろぼろの男だ」

「それも、俺なのか」

「そうだ。君であり、俺でもある。その俺は、息子に過激な暴力を振るい、死なせてしまったんだと。本人は事故だったと言ったが、どうだろうな。君も分かるだろ。俺たちのやっている暴力は、いや、躾は、いつだって事故が起きる可能性があるし、それはほとんど事故とは呼べない。そうして、その結果、人生が坂道をころころ転がって、この写真の状態になったらしい。殺人容疑で捕まり、仕事を失い、家をなくして、このざまだ。だから、その俺も、タイムマシンを使って、俺に、息子を大事にしろ、と忠告に来たわけだ」

「で？」

「まあ、俺は半信半疑だった。今の君もそうだろ？　未来から来たと言われて、ああそうか、と思えるわけがないんだよ。ただ、その忠告は絶えず頭にあったからな、暴力はほどほどにした。命を奪うことのないように気をつけた。おかげでこの写真みたいにはならなかったが」男は今度は、先ほどの写真を掲げる。「結果的にはこうなった。毎日が、息子に痛めつけられる、最悪の日々だ。つまりな、家族に暴力を振るう限り、俺の人生は、ろくなことがないってわけだ」

坂本岳夫はまばたきを何度もする。ばかげたことを押し付けるな、と撥《は》ね返すべきだと思いつつも、ぼんやりとし、受け容《い》れようとする自分もいた。言葉を探している間に、目の前の男は写真を一枚、手渡した。背中に傷を持つ若者、男の説明によれば、未来の雄大が、男を、つまりは未来の自分を、殴り付けようとしている写真だった。「これを持ってろ。忘れるな。俺のために、つまりは未来の君自身のために、やり直せ。息子を死なせても駄目、暴力をほどほどにしても駄目、となったら次に試すのは、暴力をやめてみること。それくらいしかない」

やり直せ、と言われても、と坂本岳夫は途方に暮れるだけだ。写真を見つめる。

岡田は、権藤がファミレスの席に座ると、「権藤さん、完璧でしたよ。俺もこっちで聞きながら、未来から来たのかと思いそうになりました」と声をかける。手元にある、受信機に触る。

権藤はジャケットの襟元につけていたピンマイクを取り外し、テーブルに置くと、腰を下ろした。「こんなに愉快なのは久しぶりだ。だが、本当にあんなことでうまく行くと思うのか？　あの男は暴力をやめるだろうか」

「さあ」岡田はあっさりと肩をすくめる。「俺も楽観的には考えてません。ただまあ、あんなに荒唐無稽な出来事があったなら、頭には引っかかるんじゃないですか？　ブレーキにはなるかもしれない。だって、未来のことはその時にならないと分からないんだし、人生は一度きりですからね。できれば、幸せになりたいじゃないですか」

「タイムマシンの映画を観た時に知ったんだが、こういう場合、過去の本人に会っちゃうのは問題があるんじゃなかったか。どれほど細工しようとも未来を変えることはできない、ともよく言う」

岡田はストローでグラスの中の氷を掻き混ぜる。「本当のタイムスリップはそうかもしれないですけど、これはまあ、そうじゃないですからね」

「未来は変えられるのか」

「変わるも何も、まだ、未来じゃないんですよ。ただ」

「ただ?」

「溝口さんが言ってたんですけど、ああいう男は自分中心だから自分のことしか大事にしていないらしいんです。他人を見下しているから、他の人間の忠告には耳を貸さない。唯一、認めているのは自分自身だから、ということは自分の話には耳を貸すかも」

そして岡田は、今回の悪ふざけに協力してくれてありがとう、と権藤に礼を言った。

「この間の権藤さんの衝突事故は、車代だけで勘弁してくれるように溝口さんにお願いしておきます」

「妻にも、あの、車に乗っていた女のことは黙っていてくれるかい」

「いいですよ。でも、権藤さんも意外にやりますよね。あんな若い子を連れちゃって」

「なけなしの小遣いで通った店の、お姉ちゃんだ。まあ、でもね、今回は、若いお姉ちゃんとのドライブなんかよりもよっぽど楽しかった」

岡田は大きく笑う。「権藤さんも物好きですね」

「何だか、君はいい人なのか悪い人なのか分からないな」

「別に、苺味《いちごあじ》とレモン味みたいにラベルが貼ってあるわけじゃないんですから」岡田は苦笑した後で、「あ、ただ、権藤さん」と付け足した。ストローに口をつける。細い、半透明の筒の中を、黒色の液体が上昇していく。

「何だい」

「さっきの作り話の中で、息子に肌を焼かれる、って言ってたけど、あれはちょっと大《おお》袈裟《げさ》だったんじゃないかな」

第三章　検　問

開いたトランクの中を見下ろす。細い片側一車線を北西へ向かう途中、大きな街路灯のある路肩に停車した後だった。夜のまだ浅い時間帯ではあるものの、車通りはほとんどない。同じ経路を走る大通りがすぐ脇を走っているため、たいがいの車はそちらを行っているのかもしれない。

横に立つ溝口は鼻をこすり、トランクの中の段ボールを眺めていた。段ボール箱の中には大きなバッグが入っており、チャックの開いたところから一万円札の束が覗《のぞ》いている。百万円ごとに帯封でくくられ、それがいくつもいくつもあった。バッグの膨らみ具合から想像するに、かなりの量だ。

「さっきの検問の警察官、これを見なかったわけはねえよな」溝口は顎《あご》を触るようにし、首を捻《ひね》った。「どうして、何にも言わなかったんだ」

「怪しいとは思わなかったから?」わたしは、そうは言ってみたが、この大金が怪しくないのなら世の中は清廉潔白だらけだ、と思った。子供ができたとたんに、「割り切った関係だったんだから、妊娠についても割り切れよ」と非情な言葉を投げかけてきたあの男も、聖人君子のたぐいになるのではないか。

「これはまあ、明らかに、怪しいお金ですよね」太田《おおた》も、その巨大なゴム鞠《まり》にも似た身体《からだ》を揺すり、言う。

「あのおまわり、よく見なかったのか?」溝口の目は、あたりを警戒しているのか、炯々《けいけい》と光っていた。

「トランクを開けて、この段ボールが見えないなんてことありますか?」わたしは自分のハイヒールの踵《かかと》が折れていることに、今さらながら気づく。どうりで、身体が傾いているわけだ。

「じゃあ、あのおまわり、段ボールの中は覗いたけど、バッグは開けなかったんですよ。面倒臭かったんじゃないですか?」という太田がすでに面倒臭そうだった。「検問なんて、形式だけで、ろくに調べちゃいないんですよ。おざなりなんですよ、ねえ、溝口さん、そうですよ」

「だからって、怪しい段ボールの、怪しいバッグの、その中の怪しい金を見過ごして、どうすんだよ。そんなのは検問じゃねえよ。ただ、税金で渋滞作ってるだけじゃねえか」溝口が語気を強める。

　上からぽつりと冷たい粒が落ちてくるのを感じた。雨かな、と手のひらを上に向ける。次の滴りはなく、気のせいか、と考えた時にまた、水滴が落ちた。あ、と思っているうちに、雨脚が強くなる。「車に一度入りませんか？」

　二人の答えを待たずわたしは早速、後部座席へと足を向ける。

　自分の記憶を巻き戻し、この車に乗ってからのこと、つまりは三十分ほど前から起きたことを思い返す。

　わたしの前、つまりは運転席と助手席には男が座っている。古い車だ。夜の六時を過ぎ、街は薄暗かった。突然、後部座席に押し込められたので車体の色を見る余裕もなかったが、たぶん紺か黒の車だ。スモークガラスの窓の向こう側を、ゆっくりと後方へ、ビルの電飾や街路灯が流れていく。自分の呼吸の音がうるさい。鼻の息がテープにぶつかり、跳ね返っているのだ。後部座席の右側の窓に寄りかかり、そっと左前方、助手席の男に視線をやる。

　丸顔の男だ。シートベルトがよく締まるものだ、と感心したくなるほどに太っていた。

髪にはパーマがかかっている。着ている背広があまりに似合っていない。先ほどから、両手で何かをつかみ、それをいじくっている。唇が尖《とが》り、玩具《おもちゃ》に夢中になる幼児の横顔のようだった。

「おい、太田、おまえさっきから何やってんだ」運転席の男が言う。座席で隠れているためよくは見えないが、つい先ほど歩道で前に現われた時の印象では、目つきの悪い不良中年のような風貌だった。「かりかりかりかり、うるせえよ」

車が停《と》まった。信号が赤になったらしい。ブレーキがぐいっと踏まれ、少し車体がつんのめる。

「いえ、これ、CDなんですけどね。輸入版なんですよ。ロックパイルのアルバムで。昔、レンタル屋で借りたのを、よく聴いてたんですけど、売ってたんで」太田と呼ばれた助手席の男は相変わらず、視線を手元にやったまま、言う。「だってママ」と言い訳を口にする子供のようだ。

「それ、いつ買ったんだよ」

その質問には答えず太田はCDケースを指で引《ひ》っ掻《か》いている。「ビニールで覆われているんですけど、これ、取れないんですよね。いつも思うんですけど、これ、どうにかならないんですかね」

「爪を引っ掛ける場所がどっかあるだろうが」

「ないんですよ、溝口さん、それが。あっても、途中で切れちゃうんですよ。このコーティングって何なんですかね。せっかく買ったのに、一生ケースを開けられないまま終わっちゃうんじゃないか、って不安になったことないですか？」

「ねえよ」

「じゃあ、あれはどうですか。スーパーとかで買い物すると、レジ袋もらえるじゃないですか」

環境のためにも買い物袋は持参すべきだ、とわたしはこっそり思った。

「環境のためにも買い物袋は持参すべきだ」偶然だろうが、溝口も言う。

「あのレジ袋ってなかなか口が開かない時あるんですよね。ぴったりくっついちゃって。静電気ですかねえ。指で散々、こするんですけど、開かないんですよ」

「なんだよそれ」

「で、俺はこのまま、スーパーで、レジ袋を指でこすったまま、歳取《とし》っちゃうんじゃないかって不安になることってないですか？」

ないです、とわたしは言いたかったが、声が出ない。

「ねえよ」と溝口が答える。「いいか、作業は一つずつ、こなしていけばいいんだよ。全部いっぺんにやろうとするから、失敗する。スーパーのレジ袋だってな、慌てず、まずは息を吹きかけてだな」と説明しかけたが、すぐにやめた。「何で俺はこんな奴《やつ》と仕事してるのかねえ」とこぼし、岡田が帰ってこねえかな、と独り言のように言った。店長が、昔のバイト店員を懐かしむようでもあった。

「あ、岡田さん、帰ってくる可能性あるんですか？」太田がふと顔を上げるのが分かった。

「知らねえよ」

「溝口さんのせいで、消されちゃったんですよね。知らない、なんて無責任ですよ」

「うるせえな。消えたかどうかまだ分かんねえだろう」

「毒島さんに睨《にら》まれて、無事だと思いますか？」

その後で車は発進した。が、すぐに甲高い音が鳴り、エンジンが止まった。溝口が慌てて、キーを捻る。車体に鼓動が戻った。ぎこちなく、進みはじめる。

「マニュアル車なんて、まだあるんだな」溝口が吐き捨てた。「ぜんぜん、運転慣れねえよ」

「今の世の中、なんでもかんでも、マニュアル通りなんですよねえ」

「それは意味が違うんだよ」

　あれ渋滞か、と運転席の溝口がこぼすのが聞こえた。「そういえば溝口さん、俺、昔、二列縦隊って二列の渋滞のことだと思ってたんですよ」と助手席の太田はぶつぶつ言いつつ、ＣＤケースをこすり、ちくしょうぜんぜん開かねえよ、と舌打ちをした。

　車の速度はどんどん落ちていく。わたしは窓の外を眺め、国道をずいぶん北に上ってきたところだな、と見当をつけた。フロントガラスを見やると、前方が賑《にぎ》やかだった。街全体が夜の暗さに満ちはじめている中、赤い照明があちらこちらにある。前を行く車たちがこぞってブレーキランプを灯《とも》していた。さらに、回転する赤色灯が光り、誘導灯も振られている。警察だ。

「検問かよ」溝口がひときわ大きな声を上げ、助手席の太田もようやく顔を起こした。

「検問ですか。大変ですね」

　あまりにのんびりした反応にわたしは笑ってしまいそうになる。そして自分がどうすべきか、頭を働かせた。

　このタイミングで検問にぶつかったのだ。どうしたら自分にとって最も得策なのか、どうすれば不利なのか、を考える。

「溝口さん、あれですかね、俺たちのことを捜してるんですかね。この検問って」太田はいまだ開かないCDを持ったまま手を前方に向けた。

「そんなことねえだろ。俺たちはまだ、何もやってねえじゃねえか」

「でも」そこで太田が、大きな風船にも似た身体を捻り、こちらを見た。「この女を連れて行くところじゃないですか」

「車に乗せてるだけで逮捕されるか？　別の事件の検問だろ。ついてねえよな」溝口は溜《た》め息《いき》をつき、「おい、今のうちにそいつのテープ剝《は》がしておけ。さすがにガムテープぐるぐる巻きだとやばいだろ」と言う。

あ、はい、と太田が慌てて身体を反転させるが、すぐにシートベルトに引っかかる。ゴム鞠が跳ね返るようだった。ベルトを外すと億劫《おっくう》そうに、わたしのほうに手を伸ばした。

「目立たないようにやれよな」

「はい」と言いながら彼は、わたしの口についているガムテープをまず、引っ張った。痛みが走るが、息苦しさが消え、ほっとする。「手を出せよ」とむすっと言ってくるので、後ろ手にぐるぐる巻かれた部分を、背中を回して前に向ける。手首のところで巻かれていたガムテープが剝がされた。自由になった手で、鼻の頭を搔く。ずっと痒《かゆ》かったのだ。その後で、上着の内ポケットに入れていた封筒が気になり、胸に手を当てた。車に押し込まれる際、封筒がよじれて刺さるのではないか、と怖かったが、どうやら大丈夫だったようだ。

「いいか、おかしなこと考えるなよ。おまえの住所も名前も分かってるんだからな。ここで、逃げ出したところで見つけ出すぞ」運転席の溝口の声は迫力があった。

「そうだぞ」太田が追従するように言うが、こちらはどこか間が抜けている。


車は、動き出したと思うとまた停止する。何メートル先なのか、何十メートル先なのかははっきりしないが、一台ずつ調べられているのだろう。運転席側の窓が突然、開いた。いったい何事かと思うと、外に制服の警察官が立っていた。

「この先で検問を行っていますので、お急ぎのところ申し訳ないですが、ご協力お願いいたします」

警察官の顔は窺《うかが》えなかったが、言葉遣いとは裏腹に厳しい顔つきなのは想像できる。

「ご協力するけどさ」溝口がぶっきらぼうに言った。「いったい何があったわけ？」

警察官は返事もせず、立ち去っていく。

「無視かよ！　感じ悪いなあ」助手席の太田が大声を出した。静かにしろ、と溝口がすぐにたしなめ、窓を閉めた。

「あの、ラ、ラジオで」わたしは久々に言葉を発することができた。「ラジオで、情報とかないですかね」

バックミラーを反射的に見ると、そこで溝口と目が合った。勝手に喋《しゃべ》るんじゃねえぞ、という声と、いいアイディアじゃねえか、という声がまざって聞こえてくるかのようだった。「おい、太田、ラジオつけろよ」

はい、と答えたものの太田は指をふらふら彷徨《さまよ》わせるだけで、なかなか機械を操作できない。「これ、どこがスイッチなんですかね」などとうろたえている。

「適当に押してりゃ、つくよ」溝口は不親切に答える。「でも、ラジオでいちいち検問の説明なんかしてるのか？」

「これだけ大掛かりなんですから、それなりの大事件じゃないですか？」

「おまえ、東京なめんなよ。日々、いろんな事件が起きてんだよ」

「溝口さん、事件が起きるのは自慢にならないですよ」太田が口を挟むのが可笑《おか》しくて、わたしはふっと笑いそうになった。

「おい、おまえ、自分がどうして俺たちに連れ去られてるのか分かってるか？」

「え」急に自分に質問が投げられ、わたしは動揺した。

「俺たちは、おまえを連れて行くように雇われた。ちょっとくらいは強引でいいから、攫《さら》ってこいって言われたわけよ」

「誰からですか」

「名前は言えない」溝口は言った後で、「まあ、正直に言えば、相手の名前とかそういうのは知らねえんだよ」と苦笑する。「俺たちは前金もらって、仕事するだけだからな。依頼人とは直接やり取りしねえし、そいつが誰だかも分かんねえよ。だから、おまえに訊《き》いてるんだよ。おまえみたいな若い女がどういう理由で、攫われるんだよ」

「理由なんていくらでもあると思いますよ」わたしは言った。今年で三十歳の自分を、「若い女」と分類してくれたことに感謝するような気持ちもあった。

「どんなことにも因果関係ってのがあるんだよ。これがあったから、こうなった、っていうやつだ。おまえが、俺たちに攫われたのにも原因はある。そうだろ。たとえば、おまえにふられた男が怒り狂って、おまえを攫って、どこかに閉じ込めようとしてるのかもしれねえしな」溝口は自分でまず、そう答える。

「とか」わたしは合の手のつもりで、言う。

「身に覚えはあるのかよ」

「わたしが実はすごいお金持ちの娘だったりして、身代金目的ということもありえますよね」

「そうなのか？」

「違いますけど。たとえば、です」

溝口は笑いながらも、からかうんじゃねえよ、と怒った。

「心当たりがあるとすれば」わたしはこの車に乗せられた時から考えていたことを口にする。「わたしが浮気している相手、とか」

「それもたとえば、だな」

「これは実話をもとにしています」わたしは少しふざけた口調で言う。「わたしは独身ですけど、相手は結婚しているので」

「じゃあ、そいつだな」溝口は気軽に断言した。「おまえ、何か面倒臭いことを言い出したんだろ、どうせ。『別れるなら、奥さんに言うわよ』だとか、『お金をちょうだい、さもなくば』だとか。人間、『さもなくば』なんて日本語、使う時が来たら、おしまいだよ。人生のうちで、そうそうないぜ、そんな場面」

わたしは自分が彼に、あの不倫相手に何と言ったのかを思い出そうとした。さもなくば、とは言わなかった。「割り切った関係なのは知っているが、そういう言い方はないのではないか」と相手に食ってかかりはした。その勢いに彼は恐怖を感じたのだろうか？　だから、わたしを連れ去るように依頼したのだろうか。

「とにかく、その男がうんざりして、おまえを痛めつけたくなるようなことを言っちゃったんだろ」

「痛めつける？」

「こうやって、俺たちに攫わせるくらいなんだから、この後、どこかで物騒なことを企《たくら》んでるんじゃねえのか、その浮気相手の男はよ。いいか、俺たちはとりあえず、海岸近くの倉庫裏におまえを連れて行く約束になってる。で、そこで電話をかける。俺たちの仕事は終わる。かもしれないし」

「かもしれないし」

「引き続き、別の依頼をされるかもしれない」バックミラーに映る溝口の目が細くなった。笑っているのではなく、こちらに同情する様子でもある。

「わたしを痛めつけろ、って？」

「いろんなことを反省したくなるくらいにな。まあ、どうなるかは分からねえけど、とにかく、浮気相手ってのはいい線だ。たぶん、そいつだよ」

「ですね、溝口さん」

「太田、黙ってろよ」

本名なのかどうかはともかく、溝口たちがあまりに気安く名前を呼び合い、しかも、自分たちの行動についてべらべらと喋ることに戸惑った。単に何も考えていないだけなのか、もしくは、言っても支障がない、つまりはわたしが口外しないように、何らかの対処をすることが前提なのだろうか。

いつの間にかラジオ放送が流れていた。ボリュームの調整がうまくなかったのか、唐突に、「捕まっていないようですね！」という声が車内に響いた。運転席の溝口が小さく、飛び上がるのが見えた。慌ててつまみを回し、音量を下げた。

「あ、ラジオ、ついてましたねえ」太田が飄々《ひょうひょう》と言う。

顔の見えないアナウンサーが、「田中議員は依然として意識不明の重体のようです。都内では大規模な検問を敷いてるみたいですが」と説明している。

「これ、ですかね？」わたしはカーステレオを指差した。ニュース番組にしては、砕けた口調だから、何らかの番組中で、パーソナリティが喋っているのかもしれない。

「議員がどうしたんだ？」溝口が訝《いぶか》るように言った。

引き続き、ラジオを聴いていると、状況が明らかになる。

数時間前、都内のホテルで会食を終えた田中衆議院議員は、エレベーターから降りた直後、何者かに背中を刺された。秘書一人が付き添っていたものの、別の、挙動不審の通行人に気を取られてしまったらしい。当の挙動不審の通行人はすぐに姿を消したため、議員を刺した男と仲間である可能性が高く、警察は二人の行方を追っているとのことだった。

「で、この検問かよ」溝口が大きな溜め息をついた。「そんな事件の犯人と間違われたら、最悪だからな。太田、おまえ、余計なこと言うなよ。大人しく、通り過ぎるぞ」

「検問って、みなさんの手荷物も調べられるんですかね」わたしはふと、疑問を口にした。太田がさっそく、身体を揺すり、「何か見つかったらまずいものとかありましたっけ」と溝口を窺う。

「まあ、怪しまれたら身体検査もあるかもしれねえよな。ポケットとかに物騒なものが入っているなら、椅子の下にでも押し込んでおけよ。まあ、身体検査までやられたら、もうアウトだ」

言われてわたしも自分のポケットを気にした。

ラジオのパーソナリティは、「こういう緊急事態だと、交番のおまわりさんとか非番の刑事さんとか、みんな呼び出されちゃうんだろうね。大変だあ」と他人事《ひとごと》丸出しの感想をだらだら喋っている。

「溝口さん、これならあっちの仕事にしておけばよかったですね」太田が言った。「あっちだったら、車の運転も必要なかったかもしれないですよ」

「あっちって何だ」

「もう一個あったじゃないですか、何だか取引の立会い人って仕事が」

話を聞きながら、この人たちはまるで、ちょっとした犯罪を手伝う派遣社員のようだな、と思った。なんでもかんでも、下請けだ子会社だアウトソーシングの時代だ、悪事を働く人間の世界も似たようなものなのだろうか。

「あっちは無理だったんだよ。俺も最初は、取引の立会いすればいいだけだから、楽だな、と思ったんだけどな。あれ、何の取引か知ってるのか？　どっかの国の奴が変な薬品を売り捌《さば》きに来てるんだ。あっちの言葉、使いこなせねえと雇ってもらえねえんだと」

そうなんすか、と太田はぼうっとした声を出し、「条件、厳しいっすねえ。やっぱり、語学力ですか」と感心している。

「英検くらいじゃ今の時代、駄目だろうな」と溝口が言う。英検を知っていることが奇妙に感じられた。「それに、あれは警察に感づかれてるっつう噂《うわさ》も聞いた。取引現場に警察が飛び込んできて、その場にいた俺たちもいっしょくたに逮捕ってのもありえたぜ。な、こっちにしてよかったじゃねえか」

車が停止した。いよいよ行列の先頭に到達したらしい。前に顔を向けると、数メートル先でパトカーが横並びになり、バリケードを作っている。

溝口は窓を開けた。

すぐ横に、眼鏡をかけた警察官が立っていて、「免許証を見せていただいてもよろしいですか？」と言う。

「あいよ、検問ご苦労様」溝口は平気を装うつもりだからか、威勢良く言って、ポケットからパスケースを取り出した。


わたしの場所から、運転席の溝口や車の側に立つ警察官の顔は見えなかったが、やり取りの声は聞こえた。

「溝岡《みぞおか》さんですか？」警察官が言う。

「そうだよ」

溝岡？ 溝口ではないのか、と少し悩んだ。免許証は偽造された物で、溝岡が偽名なのか、もしくは、溝口のほうが偽名なのかは分からない。

「これは、溝岡さんの車ですか？」

「当たり前だろうが」助手席の太田はベルトを引きちぎり、運転席側の窓に飛び掛からんばかりだった。

「おまえは黙ってろよ」溝口は鋭く言ったかと思うと、「実はこの車盗んできたんですよ」などと淡々と続け、わたしを驚かせる。警察官も息を呑《の》んだのではないだろうか。

「みんなでドライブに行くのにいい車はないかなあ、なんて探してたら、ちょうどこの車がぽつんとあってね、で、ロックは解除されてるし、サンバイザーの裏に鍵は入ってるしで、好都合ってことで乗ってきたんだけどさ、まずいかな」

耳を疑ってしまうが、これも溝口の作戦なのだろうか。ようするに、一か八かではあるが、怪しまれる前に自ら怪しいことを告白し、すべてを冗談としてはぐらかそうと決めたのかもしれない。確かに、溝口はまだしも、太田の態度は反抗的で、真面目《まじめ》なふりで通すよりは不真面目さを押し出したほうが、自然には感じた。

警察官はすぐに応答しなかった。さすがに、溝口の言葉を聞き流すわけにもいかないようで、思案するような間がある。しばらくして、「車のナンバーを言ってくれますか」と言った。

はん、と溝口は笑い、「そうだよ、それを確認してくれよ」と言ったかと思うと、「品川の」と口にし、すらすらと番号を読み上げた。

警察官が車の前に移動し、腰を屈《かが》めた。ナンバープレートを確認しているのだろう。戻ってくると、「合ってますね」と言った。

「当たり前だろうが」溝口はまた、笑う。

この車は盗難車なのだろうか、それとも溝口の車なのだろうか。

警察官がまた喋らなくなる。助手席にいる太田が身体をぎりぎりと動かし、顔を斜めにし、わたしを見た。余計なことをするなよ、余計なことを言うなよ、逃げられないぞ、と無言ながら釘《くぎ》を刺してくる。わたしはじっとしていた。どうしたらよいのか、すぐには思いつかない。

「トランク、開けてもらっていいですか？」

え、と溝口がたじろぐ。

「何が入っていますか？」

「さあ。最近、開けてねえから、死体でも入ってんじゃねえのか」溝口はどうやら、追い詰められれば追い詰められるほど、でまかせを吐き出す性格なのかもしれない。

「勝手に調べてくれよ」と身体を傾け、ごそごそと手を動かし、レバーを引いた。背後で、トランクの扉が浮き上がる。警察官が早足で、後ろへと歩いていく。

「溝口さん、トランクって何か入ってるんでしたっけ？」助手席の太田が少し声を低くした。が、依然として、人並みよりは大きな声だ。

「知らねえよ。見てねえだろ」

「でも、さっきはナンバーよく言えましたね」

褒められたことがまんざらでもなかったのか、溝口の声は少しだけ高くなり、「まあな。というか、おまえも覚えておけよ。こういうことがあるからよ、車、盗む時はナンバーくらいは暗記しておくんだよ」と言う。

「はい、勉強になります」

相変わらずの、緊張感があるのかないのか分からない二人の会話を聞きながら、わたしは窓に額をつけ、外を眺めていた。隣に停車した車の周りにも、警察官が二名いる。国産車ではないのか、左側が運転席らしく、警察官とやり取りをしていた。しばらくして発進した。その車はトランクを調べられた様子はなかったから、全車両がトランクを開けさせられるわけでもないようだった。

「あ、私一人で大丈夫ですよ」と明瞭な声が聞こえ、顔を上げる。いったい誰が発した言葉なのか分からなかったが、ぐるっと窓を見渡していると再び、「いえ、すぐ終わりますから」と同じ男の声が聞こえた。どうやら、トランクの後ろにいる警察官が喋ったらしい。別の同僚に喋りかけているようだ。

「あの、この車」わたしは身体を前に、運転席の近くに寄せようとした。盗難車なんですか、と確認したかった。が、同時に、窓に警察官が戻ってきた。「特に問題ないですね」と溝口に言う。

「だろ。問題はねえんだよ」威勢良く溝口は応じ、鍵を捻った。車にエンジンがかかる。

車が進みはじめて、百メートルも過ぎないうちに、助手席の太田は、わたしの両手が解放されたままになっていることに気づいた。「溝口さん、ガムテープ巻きましょうか」

「巻きましょうかじゃねえよ、当然だろうが、巻けよ」

ですね、と太田は言ったが、「あ」と呻《うめ》いた。かと思うと急に頭をかかえた。いったいどうしたのかと思っていると、「すみません、テープないです」と泣きそうになっている。

「ない？　あんなにあっただろ」

「置いてきたみたいです」

「どこに」

「この女を車に押し込める時です。ほら、溝口さんがこいつの腕をつかんで、俺がガムテープを千切って、巻いたじゃないですか。で、口にも貼って、その後で溝口さんが、『後ろの席に押し込め』って言ったじゃないですか。だから俺、ガムテープが邪魔だからいったん、車の屋根にそれ、置いて」

「その時点で、ガムテープは車の屋根だな」

「ですね。それから、こいつを車に入れて」

「その後で、屋根からガムテープを取らないと駄目だよな」

「ええ、駄目ですよね。でもそれやらないでドアを閉めたんですよ」

「じゃあ、ガムテープは屋根にあるままだよな」

「車が発進したら、ガムテープは転がっちゃいますよね。だから、ないんですよ」

溝口は深呼吸まがいの大きな溜め息を何度かついた。気持ちを落ち着かせようとしているのだろう。出来の悪い部下を持った上司はいつだって、こういったストレスと闘っているのだろうか。ほどなく、「よし分かった」と溝口は言った。強がって、前を向くかのような、溌剌《はつらつ》とした声だった。弟子の失敗をつべこべ言うことに疲弊し、そのことに割く労力を、事態を改善させることに向けるほうがいい、と判断したのかもしれない。

「よし分かった。車を停める。で、トランクに女を入れろ。それなら、ガムテープがなくてもいいだろう」

さすが溝口さん、と太田が嬉《うれ》しそうに答える。なるほどトランクですか、とわたしも感心しそうになる。

じゃあ、そこの路肩に停めるぞ、と溝口がハンドルを回し、車は速度を緩めていく。停車したところで、溝口がトランクを開ける。太田がすぐに車を降り、わたしをドアから引きずり出した。身体が車体にぶつかり痛みが走るが、その際にハイヒールの踵が折れたのかもしれない。

よしトランクに入れ、と太田が、わたしの腕を捻り上げて、車の後方へと連れて行く。すると先にトランクの中を見下ろしていた溝口が、目を丸くし、立ち尽くしていた。

「おい、この金、何だ？」とぽかんとしている。

太田は目を凝らすようにし、札束に気づくと、驚いたのか、わたしの腕から手を離した。

そして、冒頭の場面に戻る。つまり、今に至る。

「どういうことだよ。どうして、検問でこの金が見落とされたんだよ」

後部座席に座り、折れた靴の踵をいじくりながら、わたしは検問の時の様子を思い出している。「トランクを開けたあの警察官が、あの段ボール、あのバッグに気づかなかったとは思いにくいですよね」

「そりゃそうだよ。さっき、おまえが自分で言ってたじゃねえか。トランクを開けて、あの段ボールが目に入らないわけがねえって。その通りだ」溝口の声が、運転席の背もたれ越しに届いてくる。

「ということは、あの警察官はトランクの中のものに気づいたのは間違いない。そういうことですよね」

「札束に気づいた。なのに、俺たちを行かせた。なんでだよ？」

「たとえば、行かせたふりをして、実は、泳がせている、とか」

「泳がせている？　俺たちをか？　じゃあ、こっそり尾行してきてるとか言うんじゃねえだろうな」溝口が急に顔を左右に振る。

「もしくは、あれじゃないですか」わたしは思いつくがままに喋る。「今は国会議員が刺された事件で大騒ぎだから、それ以外のことには興味がないのかもしれないですよ」

「バッグの大金は、国会議員が襲われたのとは無関係だって決め付けたのか。どれだけ鋭い判断力なんだ」

「大目に見てくれたんですよ」

「馬鹿かおまえは。関係があろうがなかろうが、怪しい奴は調べるのが警察だ」

溝口に叱られ、太田が、すみません、としょげる。

「もしくは」とわたしはそこで、自分の中で一番しっくりきた想像を語る。「もしくは、あの警察官は、あの大金を自分で手に入れたくなったのかも」

「自分で？　あれを見て、目が眩《くら》んだってのかよ」

「でもどうやって、手に入れるんです？　俺たちの車に入ってるのに」

「俺に答えを訊くなよ」

「とりあえず、あの場で、あの大金を見て、あの警察官は、『欲しい』と思った。そういうことにしてみましょうよ」わたしは言う。「あの警察官の立場になってみると、あの場でバッグからお金を取り出すわけにはいかないし、『この車には怪しいお金が入ってるぞ』って発表するわけにもいかないですよね。そんなことしたら、証拠品として取られちゃうだけですから」

「自分のものにはなんないなあ、確かに」太田がうんうん、とうなずく。

「だから、そのまま、わたしたちを行かせて、後でどうにか捕まえようと考えた。とか」

「とか」溝口はその語尾を繰り返した。

太田はすぐにでも助手席から飛び出し、後方からつけてくる車がないか確かめようとしている。それを溝口が、「慌てるなよ」と制止した。「それはちょっと、可能性は低いんじゃねえのか？」

「低いですか」

「いいか、あのおまわりは、あの金が俺たちのものだと思ってる。持ち主がいるってのに、それを横取りするのは面倒だぜ。検問の場面ならまだしも、後で追ってきて、持ち主から奪うとなると、かなり無理しないと駄目だ」

太田が大袈裟《おおげさ》にうなずいた。「確かに、あいつは、この車が盗難車だってことも知らないはずですしね」

やはり盗難車だったのか、とわたしは納得する。

「盗難車じゃねえよ。これは、あそこに置いてあっただけだ。だろ？　鍵がサンバイザーにはさんであった。あのままあそこに停めてると誰かに盗まれるかもしれねえから、親切な俺たちが運転して、安全な場所まで運んでやってる。それだけだ」

「あ、ですよね」太田が首を振るだけで車体が大きく揺れる。「財布を拾って、交番探してるようなもんですよね」

すっかり外は真っ暗になっていた。二台ほど車が通りかかっただけで、静まり返っている。車内で、この謎めいた二人組と過ごしている時間に、どうにも現実味が感じられない。

「待てよ」溝口の声が車内の空気を、ぱりんと破裂させた。「もしも、知ってたらどうだ？」と言った。

一瞬、何のことを言っているのか、わたしにはぴんとこなかった。「知ってたら？誰が何を」と友人に問い質《ただ》すような言い方をしてしまう。

「あのおまわりが、この車が盗難車だってことをだよ。もしくは、この車のトランクに金が入ってるってことをだ」

「あの、警察官が？」

「そうだよ、あいつは、この車が盗難車だと知っていて、金のことも知っていた。あの検問の前からだ」

「どうして」

「どうして、って言われても正解は分からねえけどな。あ、もしかすると、あいつがそもそも、金を手に入れた張本人かもしれないぜ」言ってから溝口は目を輝かせる。そうだ、そうだ、これが正解だ、と騒がんばかりだ。

あまりにも極端だ。わたしは声も出せない。が、助手席の太田がそこで、「そうか、あれですね」と甲高く、声を張り上げる。

「あれって何だよ」

「あっちの仕事ですよ。俺たちがやるかもしれなかった、溝口さんが言ってたじゃないですか、語学力が必要で」

「取引の立会い人か！」溝口にも、太田の興奮が伝染した。

「そうです。その取引の金を、あのおまわりが横取りしたってのはどうですか？」

「太田、おまえ、時々、頭がいいな」

「そんなことあるんですか？」わたしは半信半疑、というよりも、ほとんど気を入れて聞いてはいなかった。

「いや、あるな、こりゃあるぞ」溝口は今にも両手の拳《こぶし》を振り上げ、「真実を見つけたぞ。真実は今、この運転席に！」とでも叫びそうだ。「で、あいつは金を、この車に隠したんだ」

「これが警察官の車ってことですか？」

「単に、いつも放置されていたこの車に目を付けてたんじゃねえか？　とにかく、あいつは奪《と》ってきた金のバッグをここに隠した」

「車に隠すなんて、危ないじゃないですか」

「他になかったんだろ。それに、あれだ、国会議員が刺される事件が起きて、それどころじゃなくなったのかもしれねえな。おまわりも刑事も、緊急呼び出しだ。慌てて、バッグを隠すにも、隠し場所まで行く余裕がなくて」

「で、検問の仕事を終えて、後でゆっくり、取りに戻ろうとしたわけですか？」わたしは、前に座る二人の盛り上がりに水を差すつもりもなかったので、精一杯、話を合わせるように言ってみる。

「当たりだ」溝口はすでに、クイズの出題者の心境なのかもしれない。

「考えにくいですよ。あの警察官は単に、バッグを見落としただけなんですよ」堂々巡りではあるが、わたしは言う。

「でも、傑作だな」と口からこぼれ出る息を必死に抑えようとしている。

「傑作って何がですか」

「あいつ、検問してたら、自分が金を隠したはずの車がやってきた。そういうことになるだろ。きっと目を疑ったんじゃねえか？　慌てたよな」

「ですね、そりゃ驚きますよね」

何を馬鹿な話で唾を飛ばし合っているのか、とわたしは呆気《あっけ》に取られてしまうが、検問中の警察官が見知った車が近づいてくるのにぎょっとし、狼狽《ろうばい》しているのを想像したら、それはそれで可笑しく、口元がふっと緩んでしまったのも事実だ。おまけにこの溝口は、いけしゃあしゃあと、それを自分の車だと言い張った。

「もしそうだとしたら、あいつは、自分の金を載せた車をみすみす、先へ行かせたってことですね」

「どうにもできなかっただろうよ。『これは、僕の隠したバッグだから、渡すもんか！』と駄々を捏《こ》ねるわけにもいかねえだろうし。せいぜい、どこかでこの車を降りていってくれ、って願うくらいだろうな」

「でも、免許証チェックされてましたよね？　その住所まで、取り返しに来るかもしれないですよ」わたしは指摘した。

そうか、そういう手はあるよな、と溝口は言った。どこか上機嫌で、もはや何事にもこだわりを失ったかのように見える。「まあ、残念ながらあれは偽の免許証だからな。あの住所、行ったって知らないアメリカ人が住んでるだけだって」

「俺、テレビで観《み》たことあるんですけど、こう、居場所が分かっちゃう機械があるじゃないですか」

「GPSとか？」わたしは言う。

「あ、それそれ。そういうのをバッグに詰めてあって」

「最近はもう、事前に登録しておけば、携帯電話とかPHSでもだいたいの場所が特定できるらしいからな」

「じゃあ、あの検問の時、あの警察官、こっそりバッグの下のほうにGPSとか携帯電話を忍び込ませたんじゃないですか」

わたしは冗談のつもりで言ったのだが、溝口と太田は、「ありうる」と鋭く叫び、すぐに車から降りた。

トランク内、段ボール箱の中の大きなバッグ、その奥に手を入れた溝口が、隠されていたスマートフォンを探り当て、取り出した時には、わたしも言葉を失った。雨はだいぶ、強くなっていた。傘もなく、濡《ぬ》れるままだ。

「それ」わたしは、そのスマートフォンを指差すのが精一杯だ。

「おまえの言う通りだったな、あのおまわり、こいつを検問の時、入れたんだ。で、後で、検索するんじゃねえのか。だいたいの位置情報を探れるんだろ」溝口は言い、汚い物でも触るかのようにスマートフォンを摘《つま》んだ。「もしくは、最初から入れていたのかもしれねえぞ。この金を奪って、トランクに隠した時から。バッグが行方不明になった時に備えてよ」

「この場所、見つけて、おまわりが駆けつけてくるってわけですか」太田は泡を食ったようになり、暗い車道を見やる。

「まあな」溝口は言い、鼻の頭を掻く。それから車に視線をやり、一度目を逸《そ》らした。が、すぐにはっとした表情でまた、視線を戻した。ナンバープレートを見つめ、「あれ」と言った。「間違ったな」と。

「間違った？」

「検問の時に、俺が言ったナンバーだよ。覚えてたつもりだったけど、記憶違いだったな。ほら、下一桁と二桁、逆に覚えてた」溝口が数字を何度か繰り返す。

わたしはすでに、彼が検問の時に発した番号など忘れているから、いったい何が正解なのか分からないでいた。

「ということは、あのおまわり、溝口さんが間違ったナンバー言ったのに、先に行かせたっていうことですか」

「こりゃもう決定だ。あいつは、はなから俺たちを通過させるつもりだった」

「はあ」とわたしはぼんやりと返事をし、それから、「でも、もし本当にあの警察官が来るにしても、すぐではないですよね」と言う。「検問はまだやっているでしょうし」

「だろうな」

わたしは肚《はら》を決める。「だから、今のうちですよ」

「今のうち？」

「このお金を三人で山分けして、逃げましょうよ。ばらばらに。バッグの中の札束だけ持っていけば、ＧＰＳも何もないじゃないですか」

溝口と太田は一瞬、黙りこくったが、すぐに目を輝かせ、「それだ！」と言った。

あまりに単純な反応だった。人を疑うことを知らない、無垢《むく》なる少年たちに向き合ったような新鮮さと滑稽《こっけい》さに、わたしは感動する。雨を受け、髪がぺしゃんこになっている彼らの姿はすでに、子供のようでもあった。

あっという間のことだ。彼らは、どこからかコンビニエンスストアのレジ袋を調達してきた。と思うと、中に札束を放り込みはじめる。もちろん、札束全部はレジ袋に入りきらないのだが、二人はさほど気にした様子もなかった。全額、根こそぎ持っていこうという気持ちがはなからないようだった。欲がないのか、無頓着なのか。

「ほらよ」気づけば溝口が袋を突き出していた。どうやらわたしの分も詰め込んでくれたらしかった。ビニールに当たった雨が音を立てる。覗き込むと、百万円の束がそれでも五つ以上はあった。受け取りながら、お礼をぼそぼそ口にする。濡れた前髪が垂れ、顔面に貼り付き、煩わしい。

溝口と太田はさっぱりとしたもので、「じゃあ、俺たちはさっさと消えるわ。おまえも靴、買えよ、それで」とあっという間に立ち去っていこうとした。水たまりにぽちゃん、と取り残されたわたしは声を発する。その言葉が足元に落ち、ぽちゃんと沈むようにも感じた。

そうか、助かったのか、と少ししてから思い、肩の力が抜けた。ようやく、雨が冷たい、と思う余裕もできた。ただ、息をもう一度吐き、前を向いたところですぐ正面にまた溝口の顔があったので、後ろにひっくり返りそうになった。ひい、と悲鳴が出る。

「今、思い出したんだけどよ、俺たちは、おまえを連れて行くように依頼されてるんだよな。仕事で」と片眉を上げた。「おまえを帰すわけにはいかねえじゃねえか。危うく、このまま帰っちまうところだった。悪いな」

「そんなことを思い出さなくてもいいのに」雨脚がさらに強くなる。濡れた服が身体にくっついてきて、気になる。

「悪いけどよ、俺たちも依頼されたことはやらねえと、まずいんだ。信用問題だからな。ついてこいよ」

そこでわたしは反射的に、「大丈夫です、きっと」と言っていた。なりふり構っている場合でもない。強く、主張した。

「大丈夫って何だよ」

「わたしのこと、恨んでる人、もういないと思うんです」

溝口が眉をひそめた。予想もしないことを言われて、警戒しているのかもしれない。

「もういない、って何だよ」

「依頼した人、いないですよ、たぶん。少なくとも意識はないので」

「意識って何だよ。依頼した奴が誰だか分かってるのか」

「さっき、言ってくれたじゃないですか、浮気相手に決まってるって」わたしは、その浮気相手の男のことを思い浮かべる。すでに別れることを思い決め、自分の行動にも覚悟を持っていたにもかかわらず、そうか、あの人はもういないのだな、と少し、胸が痛んだ。すでにわたしは、あの人の意識は戻らないのだと決めつけている。

わたしと溝口の会話の最中も、太田は気楽なもので、少し離れた場所でレジ袋を振りかざし、「溝口さん、早く行きましょうよ」などと言っている。

「もしかすると、浮気相手が直接、依頼したんじゃないかもしれないんですけど」

「何だよ、おまえの浮気相手は偉そうな奴なのかよ」

「もしそうだとしても、みんな、それどころじゃなくなってると思うんです」

溝口は、わたしをじっと見つめた。厳しい表情で、こちらの肌をめくってくるような険しさに満ちている。とぼけた発言が多かったが、この人はやっぱり穏やかならざる世渡りをしてきた男なのだな、と改めて思い、ぞっとした。このまま、どこかに葬られる恐怖に、気が遠くなりそうだった。

が、そこで溝口が、「まあ、いいか、そういうことなら」と歯を見せた。そして、「じゃあな」と踵《きびす》を返し、行ってしまう。次々、降り注ぐ雨が、彼らの姿を覆い隠すカーテンのようにも見えた。

取り残されたわたしはレジ袋をつかんだまま、車道から遠ざかる。息を吐く。もう、溝口たちは帰ってこないだろうか。びっしょりと濡れた服装のまま、歩いた。ハイヒールを脱ぐ。どこかでサンダルでも買えないだろうか。足元をもう一度見る。サンダルを買うにも裸足《はだし》では怪しまれるだろうから、履いたほうがいいかどうか、と少し悩む。

携帯電話を取り出し、発信した。

ジャケットの内ポケットに、封筒が入っていることを確認する。封筒の中は検《あらた》めていないが、何らかの刃物が入っているのは確かだ。地下鉄の車両の中で、初対面の背広の男からそれを受け取った際、上から触り、そう感じた。凶器の刃物だ。あの背広の男も、誰かから封筒を渡されたのだろう。

「今どこですか」かけた相手はすぐに出た。少し、慌てているようだった。「連絡来ないし、ちょっと心配してました」

今自分がいる場所について、バスの停留所が隣にあったので、その名前を挙げ、説明する。「実は今、知らない男たちに連れ去られそうになったんです」と話す。「ええ、もう大丈夫です。封筒は受け取っています。予定通りに捨てていきますから」

いったい、この計画を立てたのが誰なのか、わたしは把握していない。ただ、協力している人間はそれぞれ、あの田中という男に何らかの憎しみを抱いているのだろう。国会議員であるからには、それなりに恨みを買うこともあるだろうし、わたしのように、不倫関係の末に、「割り切れよ」という言葉に憎悪した人間もいる。田中を殺害するにあたり、わたしは凶器を捨て去る役を割り当てられた。現場から逃げた実行犯がその刃物を封筒に入れ、誰かに渡す。その誰かはまた、誰かに手渡す。最後に受け取ったわたしがそれを処分する。自宅の家庭ごみとして捨ててしまう。リレーのバトンのように、凶器を運び、捨てるわけだ。

車内で溝口が言っていたが、作業は一つずつ、こなしていけばいい。分担するのだ。

それにしても、田中が、わたしを拉致《らち》しようとしていたとは思わなかった。彼も、わたしを邪魔に思っていたのだろうか。酷《ひど》い奴だ。いや、お互い様なのだろうか。

百万円の束の入ったレジ袋がずいぶん濡れていた。雨をたくさん含んだストッキングで歩道を踏む。じわっと染み出る感覚が気持ち悪く、一度は立ち止まるがすぐに慣れ、どこまでも歩いていける。

第四章　小さな兵隊

岡田君は問題児だ。クラスの女子が言った。給食の時だ。

目を向けると、岡田君は少し離れた席で、班ごとに机を寄せ合っているものの、喋《しゃべ》ることもなく、ただスプーンを動かしている。女子の声は大きかったが、聞こえてはいないのだろうか。

「うちのお母さんが言うには、問題児とかって、情緒不安定なんだって」とその女子児童は続けた。何を意味する言葉なのかは分からなかったが、「不安定」なら理解できる。

ぐらぐらと揺れて、危なっかしい感じか。

四年生のクラス替えで、岡田君とははじめて同じクラスになった。三ヶ月が経《た》つけれど、ほとんど会話をしたことがない。岡田君は背が高いほうで髪は短く、すらっとしていた。言葉数が少ないせいか、大人しい男子に見えた。親しい友達がいるようではなかったけれど、危なっかしいかどうかまでは分からない。

ただ、岡田君が時折、びっくりすることをやるのは確かだ。

たとえば、五月のことだ。突然、クラスの女子のランドセル全部に、マジックで小さくいたずら書きをしようとした。体育の時間に急に、「お腹《なか》が痛いので、トイレに行きます」と言い、担任の弓子《ゆみこ》先生に許可をもらい、なかなか戻ってこないな、と思っていたら、ランドセルに悪戯《いたずら》をしていて、たまたま見回っていた校長先生に見つかった。

頭髪が薄くて眉毛の濃い校長先生は、普段はのんびりしているけれど、怒ると口から炎を吐き出すような迫力を持っており、僕たちはみな、恐れていた。

「校長先生が顔赤くして、怒っていて、岡田君は下向いていて、それでもって弓子先生が、『まあまあ』と必死に間に入ってた」とは、こっそり職員室を覗《のぞ》きに行った誰かの話だった。

放課後には岡田君の母親も呼び出されたようで、その様子も、吹奏楽の練習で放課後に残っていた子が教えてくれた。「背が高くて、美人のお母さんで、びっくり。しかも、岡田君の顔、叩《たた》いて、怒ってるから、またびっくり」と言った。「『そんな子に育てたつもりはないのよ』って怒ってた。怖かったな」

その時も弓子先生が割って入り、「まあまあ、お母さん」と宥《なだ》めたらしい。

岡田君のお母さんは美人だ。岡田君のお母さんはなかなか怖い。いつも間に入る弓子先生は、大変だ。僕にインプットされた情報はそんなところだ。

それから数ヶ月して、岡田君はまた、怒られた。

今度はランドセルよりも大きいものへの悪戯だった。朝、登校すると学校の門の近くがいつもと違っており、どうしてなのかと思えば、横の壁が青色で塗られていたのだ。もともとはブロック塀のような色をしていたから、そこに青い長方形の模様がペンキでべったり描かれているのは、かなり目立った。

あれ、岡田君がやったんだってよ、と教室に入ると同級生が話をしている。「朝早くにやったのかな。それとも夜かな」

もともと、登山に行く学校行事の日だった。朝の五時過ぎに校庭に集合し、そこからバスで近隣の山へと向かうことになっていた。が、バス会社の手違いで、運転手の確保ができていなかったらしく、前々日に延期が決まった。

もしかすると岡田君は、その急な延期が不満だったんじゃないか、と噂《うわさ》する子もいた。あの岡田君が学校行事をそんなに楽しみにしていたのか、と僕はそのことのほうに驚いた。

岡田君はまた職員室に呼ばれ、きっと校長先生は火を吐き、美人のお母さんはびんたをし、弓子先生は、「まあまあ」と間に入るのかな、と想像した。

そして、「岡田君は問題児だ」と女子が言う。

問題児とはいったいどういう意味なのか、僕は実はよく分かっていなかった。「問題」児がいるのであれば、「答え」児もいるのではないか、岡田君が問題を出し、別の誰かが答えるのではないか、と発想したほどだ。

それから数日後、長期出張中のお父さんからの電話があった時に、「問題児」について話をすると、褒められた。「『問題児』に『答え児』とは、鋭い意見だな」と嬉《うれ》しそうに言う。

お父さんに評価されることは、僕にとっては一番の喜びで、一番の自信になる。商社に勤めていて、よく外国にも行き、もちろんそのことで家にいる時間は少ないのだけれど、その分、たくさん働いてお金を稼いでくれて、どうやら会社でも出世をしているらしいのだから、僕にとってはお手本以外の何ものでもなかったし、さらに最近になって、お父さんの、「本当の仕事」について、あの驚くべき任務について教わってからは、ますます尊敬する人物になった。

鋭い意見だ、と褒められたのに気をよくして僕はさらに、同じクラスの岡田君が問題児と呼ばれているのだ、と説明し、まずはランドセル事件のことを話した。

するとお父さんはすぐに、「答えが分かったぞ」と低い声で言い、僕をびっくりさせる。

「ほら、昔、そういう絵本を読んだのを覚えていないか。盗賊たちが主人公の家を突きとめて、後で襲いにくるためにドアにバツ印をつけるんだ」

僕は思い出す。アリババと盗賊の話だ。「誰かがそれに気づいて、ほかの家のドアにも全部、バツ印をつけるんだよね」

結局、盗賊たちは目印のドアがどれだか分からなくなってしまう。うまいやり方だな、と僕は感心したものだ。

「岡田君がやりたかったのはそれと同じかもしれないぞ」

「え」

「たとえば、ほら、どこかの悪い奴《やつ》が、おまえのクラスの女の子に悪さをしようとして、ランドセルに印をつけた。もしくはもともと、目立つような印がついていたのかもしれないが」

「誘拐とか？」

「物騒だから考えたくもないが、たとえば、そうだな」お父さんは言う。「岡田君は、そのランドセルが目印にされる、と気づいたのかもしれない」

「だから、全部の女子のランドセルに同じような印を！」僕は興奮した。まさに、アリババの話と同じだ。お父さんの推理はすごい、と感動もした。

「岡田君は、謎の問題を出してくれる問題児ってわけだ」

「そして、お父さんは解いちゃった」

僕はそれから、つい先日の岡田君のペンキ事件についても話そうとした。お父さんであれば、きっとまたすっきりと解決を口にしてくれるのではないかと思ったからだ。

ただ、お母さんが買い物から帰ってきたので、慌てる。

お父さんは今、ヨーロッパに出張中だ。海外からの電話はお金がかかるため、お母さんはあまりいい顔をしない。「お父さんから電話があった」と言うと、電話代のことが気にかかるせいか、困った顔つきになることが多かった。そもそも、お母さんは、お父さんの出張自体が気に入らないのだろう。

お父さんの本当の仕事について知れば、応援する気持ちにもなるだろうに。


僕のお父さんが会社員ではなく、いや、もしかすると会社員ではあるのかもしれないが、実際には、情報を守り、情報を奪い、秘密の連絡を行うスパイのような仕事をしていることは、僕しか知らない。

きっかけは、謎の女の人だった。学校帰りに、友達と別れて一人で歩いていたところに、黒い服を着た背の高い人が、僕の苗字《みようじ》を呼んで微笑《ほほえ》んできた。知らない人に声をかけられても応対しないように、とは学校で散々言われていることだったけれど、いざそうなったら、さすがに無視することはできず、「うん」と答えていた。「わたし、お父さんのことを知っているんだよ」と彼女は謎めいた言い方をし、そして意味ありげな笑みを浮かべ、その日は消えた。

夜になって僕がそのことを話すと、お父さんの顔が曇った。そして、僕と二人で出かけた時を見計らって、教えてくれたのだ。「お父さんは実は、秘密の仕事をしている」と。極秘任務、という言い方もした。「極秘任務のため、家族に危険が及ぶといけないから、お母さんとおまえを巻き込まないようにと思っていたが、少し、ばれたらしい」

僕は驚いた。驚いて、怖くなった。お父さんの仕事を邪魔したい人間もいるかもしれず、その人間が、僕やお母さんに目をつける可能性はある。充分、ある。

僕が青褪《あおざ》めたことに気づいたのか、お父さんはすぐにやんわりとした声になり、「でも大丈夫だ」と断言した。「お父さんにも仲間がいるから、彼らに守ってもらう」

その言葉は僕を安心させたが、本当に大丈夫なのかと不安だった。お父さんは僕をほっとさせるために、口からでまかせを言ったのではないか、と。

心配はいらなかった。

それからしばらくして、何人かの見知らぬ人が僕の前にやってきた。下校途中に背広姿の男の人が来て、「お父さんから頼まれて、ボディガードをしているから」と言ってくれたり、別の男の人が、「もうそろそろ、この問題は解決する」と教えてくれたりもした。少し経って、一緒にデパートに行った帰りに、お父さんがこっそり言った。「あとはもう大丈夫。おまえたちには迷惑はかからないよ」と。

ほっとしたと同時に、拍子抜けもした。何だかんだ言って、スリルや緊張感にわくわくしていた部分があったのだろう。

というわけで僕は、お父さんが特別な仕事をしていることを知った。

内緒の、自慢だった。

思えば、お父さんは手先が器用で、いろいろな情報をよく知っていた。

夏休みの宿題となれば、率先して、自由研究を手伝ってくれ、実験も好きだった。手鏡で太陽を反射させて、どこまで届くかを調べた時、僕が、「これって武器になるよね。太陽の光で目が潰れちゃう」と言ったところ、困った顔をした。お父さんは実際、あれを武器に使ったことが、そういう物騒な場面に遭遇したことがあるのかもしれない。

幼稚園の頃から、何か手伝いを指示された時に、僕が兵隊の敬礼の真似《まね》をすると、とても喜んだ。

「了解です！」と気をつけの姿勢を取ったり、「頑張ってきます」と敬礼したりすると、お父さんも、僕の名前を呼び、「健闘を祈る」と答えてくれた。

考えすぎかもしれないけれど、兵隊はお父さんにとって、身近な存在だったんじゃないだろうか。

一度電話で、「お父さんは武器を使ったりもするの？」と訊《たず》ねたことがある。「そういうこともあるけれど」と笑いながら、答えてくれた。「身近なものを使ったりもするよ」

「洋服用のハンガーとか？」昔に観《み》た映画の場面にあった。

「それもいいな。とにかく、身近なものも武器になるんだ」

その答えに貫禄《かんろく》を覚えて僕は、「なるほどねえ」と感心し、やはり、お父さんはただものではない、と興奮した。

お父さんが外国へ出張に行き、なかなか会えないことは寂しかったが、お父さんにはお父さんのやるべきことがあるのだから、と思えば我慢できた。

電話の切り際、お父さんが、「そう言えば」と無理やり受話器に声を滑り込ませてきた。

お母さんが帰ってきて玄関で傘置きをいじくっている音がするため、僕は少し焦っていたけれど、「何？」と小声で訊《き》き返す。

「おまえの学校に、弓子という名前の子はいないか」

「え」「弓子ちゃん」「お父さん、忘れちゃったの、僕の今の担任が弓子先生だよ」

「ああ、そうか」お父さんは驚きつつも、考え事をするかのように言った。

どうしてここで、先生の名前が出てくるのか僕には分からなくて、「それがどうかしたの」と訊ねる一方で、お母さんがやってくる足音に怯《おび》えた。「とりあえず、切るね」

「先生のこと、気をつけろ」お父さんが言った。

「え」また言ってしまう。

「最近、壁にペンキで落書きがなかったか」

僕は驚くほかない。「岡田君のこと？」

「岡田君がやったのか」

お母さんが来たので電話を切るしかなかった。


それからの僕は混乱したまま学校生活を送っていた。と言いたいところだけれど、本当のことを言えば、僕たちの毎日はそれなりに、宿題やら遊びやらテレビやらで忙しいから、お父さんの電話のことを気にする余裕はそれほどなかった。もちろん、岡田君のことや、お父さんの発した、「先生のこと、気をつけろ」の注意も気にはした。

はじめは、弓子先生が危険人物なのかと思った。お父さんと敵対するグループに属している悪者だったりして？　それとも、弓子先生の身が危ない、という意味かもしれない、と少しして思いついた。

　岡田君がクラスでまた注目されたのは、それから一週間くらい経った後だ。

　学級会の時間に、ある同級生が手を挙げ、「岡田君がドッジボールを一個、なくしちゃいました」と言ったのだ。体格が良く、頭も優秀な彼はクラスでも存在感があって、他の同級生にはもちろん先生にも、ずけずけ物を言う男子だった。お母さんが有名な学者さんで、テレビに出ているのも関係しているのかもしれない。僕のお母さんは、「あのお母さんに、口で勝てる人はいないからねえ」と時々、諦め気味に言った。

「あら、ドッジボールなくなっちゃったの？」弓子先生は驚いて、「岡田君がなくしたのは本当なの？」とクラス全員の顔を見渡した。

　誰も返事をせず、岡田君は岡田君で窓の外を眺めている。

「だって、岡田君が最後に壁に向かって、ぶつけているのを見ました」秀才君である彼が、口を尖《とが》らせる。

「でも、それだけじゃあ分からないよ」弓子先生は二十八歳で、お母さんたちよりも年下なのだけれど、いつもしっかりしていて、頼りがいがあった。怒ると怖い。でもそれ以外の時は、児童を責めないように言葉を選んで、とても優しい。「岡田君、どうなの？」

クラスの目が、岡田君に集まった。岡田君はいつも通り、表情もなくて、元気がなさそうだった。がたがたと椅子を引いて、立ち上がると、「俺はちゃんと、ボール入れに返しました」と言った。

「岡田が使っていたボール、緑のやつだっただろ。緑のは三個あったのに、今、二個しか置いてないぞ」秀才君は言った。

「まあまあ」と弓子先生は小さく笑い、手を揺らめかした。荒れてくる波を、落ち着かせるような動かし方だ。「だって、岡田君はちゃんと返したって言ってるんだし」

「嘘《うそ》ついてるんだよ」

「でもさ」先生は友達同士で喋るように言う。「岡田君が嘘をつく理由がないでしょ。というより、ボールを取っちゃう理由がないよ」

「ボールが欲しくて、盗んだんじゃないの」

「ドッジボールは学校で遊ぶものでしょ。家に持って帰ってもしょうがないし。たぶん、たまたまどこかに行っちゃったんじゃないのかな」

「たまたま？　ボールが転がって？」秀才君は明らかに納得していない様子だった。

「そう。だからそのうち出てくるよ」

「でもさ、先生。岡田は壁に落書きしたり、女子のランドセルに悪戯したり、よく分かんないことをやるんだから、ボールを盗んでもおかしくないと思います」

「それはちょっと、強引だなあ」弓子先生は腰に手をやり、首を傾《かし》げる。「そんなこと言うなら、あのボール、よく跳ねるんだから、たまたまどっか高い場所に跳んでいったとしても、おかしくないと思います」と秀才君の言い方を真似た。「あのね、誰かを疑う時は、よっぽどちゃんとした理由がないと駄目なんだよ」先生は、それから岡田君に目をやって、「岡田君も何か言いたいことあったら、反論してもいいんだよ。というよりも、こういう時は反論しないと駄目なんだって。濡《ぬ》れ衣《ぎぬ》は晴らさないと」と軽快に呼びかけた。岡田君は首を少し捻《ひね》り、「やめておく」といわんばかりに頭を振った。

僕はその時の弓子先生の話し方を聞きながら、お父さんの言葉を思い出し、「この弓子先生が危険人物なわけがないな」と思った。きっと、「気をつけろ」とは、弓子先生が危ない、という意味だ。

「先生、岡田のこと贔屓《ひいき》するのはやめてください」秀才君が言う。

「岡田君を贔屓する理由がないよ」先生が言うと、秀才君はすかさず、「岡田君のお母さんが怖いからじゃないですか。厳しくて、あとで、がみがみ言われるから」と声を重ねてきた。

僕たちはそのやり取りをぼうっと眺めているしかなかった。

先生は少し困った表情になった。苦笑いをするような、言おうかどうか悩むような顔つきで、しばらくしてから我慢できなくなったのか、「岡田君のお母さんも怖いけれど、君のお母さんも怖いって」と言った。

僕はなぜかその時、窓際の席を見たのだけれど、岡田君が窓の外を眺めながら手を口に当てていた。笑いを堪《こら》えているのだと分かり、僕は、岡田君も笑うんだな、とはっとした。


翌日に岡田君と会った。友達の家に遊びに行った帰りで、自転車に乗ってペダルを漕《こ》いでいると、向かい側からやはり同じように自転車を走らせた岡田君が来て、「あ」と驚いたのと同時にブレーキをかけた。岡田君もさすがに、無視してすれ違うのはよくないと思ったのか、停《と》まった。やあ、とも、ああ、ともつかない曖昧《あいまい》な挨拶をした後で、言わなくてもいいのだろうけど僕は、「これから家に帰るんだ」と話した。

岡田君は、「俺は塾。塾の帰り」と答えた。自転車のカゴの中には黒い鞄《かばん》が入っていた。

「塾とか行ってるんだ？」僕は少し意外に感じた。思えば、岡田君は勉強ができるのかできないのか、それすらも分からなかった。

「親が、行け、って言うから」岡田君はぼそぼそと答えた。「勉強ができると、生きるのが楽なんだって」

「いいなあ」僕は思わず言っていた。「楽に生きたいよ」

「でも、たぶん、勉強すればいいわけじゃないと思う」岡田君は冷めた言い方をする。

「それで楽しく暮らせるなんて、そんなに甘くないよ」

「岡田君はさ、いつも何を考えているのかよく分からないよね」

彼は不意打ちを食らったように、一瞬、黙った。まずいことを言ってしまったかな、と反省していると、「俺も分からないんだ。自分のどの気持ちが本当なのか」と顔を曇らせた。岡田君は不安定だ、と言った女子の言葉が頭に浮かぶ。「何それ、変だね」

「たとえば、どこかで困っている人がいた時に、助けてあげよう、という気持ちと、どうせ困ってるのは俺じゃないしな、って気持ちと両方あるんだ」

「どういうこと」

「それに、困っている人とか大変な人なんて、世の中にたくさんいるだろ。みんなを助けることなんてできないんだから、人助けなんて意味ないかな、と思ったり。というか、人助けするなんて、そもそも偉そうだしさ」

「考えすぎだよ、岡田君」

「お母さんにそういう話をしたら、怒り出したんだ。人の痛みが分かる人間にならないと駄目でしょ、って。そんな偉そうなことを考えるなんて、十年早いって」

「岡田君のお母さん、美人なんだってね」

「人の痛みも何も、その人が何を感じているかなんて、その人にならないと分かんないよ。そう思わない？　神様じゃないんだから」

そんなに喋る岡田君をはじめて見たから、僕は戸惑いつつも、少し嬉しかった。

「で、さっきビデオ屋さんで、これ借りてきた」岡田君はカゴから、青い巾着《きんちゃく》のようなものを引っ張り上げる。「レンタルビデオの」

駅前に、小さなレンタルビデオ店があることは知っていた。僕も何度か、お父さんやお母さんと借りに行ったことがある。若いお兄さんがいつも店番をしていた。「でも、親が一緒にいないと貸してくれないんじゃなかったっけ」

「あそこの店員、いい加減なんだよ。お金さえ払えば、貸してくれる。大きいお店が駅前にできたから、自棄《やけ》になってるのかも」

「あ、そうかも」

「それで俺、言ったんだよ。人が苦しんだり、痛がったりしてる映画を教えてください、って」

人の痛みを知りたいんです。ほら、拷問とかそういう場面が観られる映画はないですか、と。

店員さんは最初、驚いて、次に、「生意気な小学生だなあ」と不愉快そうに言ったらしい。それから名案を思い付いたかのように、微笑んで、「いいのがある」とうなずいたのだという。

「それで、薦められたのがこれ」と岡田君が巾着から出したビデオテープには、『小さな兵隊』とタイトルがあった。「フランスの映画だって」

「拷問されるの？」

「この世のものとは思えない、恐ろしい拷問シーンらしい」岡田君は神妙にうなずいた。

そこで僕は、「一緒に観たい」と言っていた。岡田君はもちろん困惑したけれど、僕としては、危険な極秘任務をこなすお父さんの息子であるからには、そういったことも知っておかなくてはいけないのではないか、と使命感にも似た思いを感じていたのだ。

ふざけんな、友達でもないくせに、と岡田君が怒ってくることも想像した。が、そうはならなかった。腕を組むようにして首を捻っていた岡田君は、少しして、「今日はもう遅いけど」と言った。

「じゃあ、明日はどうかな。岡田君の家に行ってもいい？」相手の家に押しかける図々《ずうずう》しさを申し訳ないと思う気持ちはあったが、それ以上に、好奇心のほうが強かった。

岡田君は、「お母さんに相談する」と言った。

そしてそこで、「じゃあ」と二人で自転車にまたがり、お互いが反対方向へと進んでいこうとした。ただ、ペダルに足をかけたところで僕の頭には、お父さんからの電話の件が過《よぎ》った。「岡田君」と呼び止めると、「弓子先生は危険なの？」と訊ねた。
「なんで知っているんだ」岡田君の反応は、予想外に迫力があった。

僕は気づくと、岡田君と一緒に小学校のところまで来ていた。「ついて来て」と言われ、自転車でやってきたのが校門の前だったので、忘れ物でも取りに来たのかと想像したけれど、信号が青になると岡田君は車道を横切って、学校の向かい側のスーパーマーケットに向かった。少し前までは文房具店だった場所だ。店主のおじさんが亡くなって、取り壊された。いったい次に何のお店ができるのか、できれば本屋かおもちゃ屋がいい、と僕たちは願っていたけれど、実際にできたのはスーパーマーケットで、僕たちが大喜びもしなければ、がっかりもしない結果になった。

スーパーの上はマンションで、全部で五階建てになっている。一階がお店だと、ここに住んでいる人は買い物が楽でいいな、と少し羨《うらや》ましかった。

屋上ではオープンを知らせるアドバルーンが浮かんでいる。岡田君は店の脇の駐輪場に自転車を停めた。

「何か買う物あるの？」と僕が訊ねると、岡田君は、「さっきの話だよ」と言う。
「さっきの話？」
「弓子先生が危険なんだ」自転車のスタンドを立て、鍵をかけた岡田君は言う。「ちょうど俺もここに来ようと思っていたんだ」

「本当に危険なの？」お父さんの情報はやはり確かなのか。

早足で、岡田君に並び、スーパーマーケットの中に入っていく。弓子先生が危ないことと、この店に何の関係があるのか。

店内にはいくつもの通路があって、野菜売り場から魚、肉とコーナーが並んでいる。買い物カゴを抱えた女の人たちがちらほらいるが、僕たちを気に留める様子はない。岡田君は少しきょろきょろしたものの、奥へ奥へと行く。

そして荷物を持った店員が裏手からやってくると、「こんにちは」と爽やかに挨拶をして、すれ違い、倉庫のような場所に入っていく。埃《ほこり》が舞う、薄暗い場所で積荷を運ぶ車が停まっていた。ねえ大丈夫なの、こんなところに来て、と岡田君に訊ねるが、僕の声が小さかったからか、もともと無視するつもりだったのか、無言のままだ。建物の外側に設置された非常階段に近づくと、音を立てて上りはじめる。「どこに行くの」

「この上に怪しい奴がいたんだ」かんかんと階段を鳴らし、上に行く岡田君の声が落ちてくる。

「この上？　屋上に？　怪しい？」

「弓子先生を監視しているんだよ」

五階分を上がるのはかなり大変だった。ぜいぜいと途中から息が切れて、勢いで乗り切ろうと駆け上がってみては、くたびれて、また駆け上がってみては足を止め、を繰り返した。そうしている間も岡田君は先を進んでいた。

ゴールはいったいどうなっているのかと思っていたら、そのまま屋上にまで繋《つな》がっていた。扉はあったけれど、フックを外すと中に入れる。

屋上は気持ちが良かった。周りに高いビルがないせいか、広がる空が大きく見える。僕は未知の場所に、ただ単純に感動して、あちらこちらを眺めてしまう。自分の家の方角を探すが、すると、「ほら」と岡田君が呼ぶ声がした。

学校が見える側のフェンス前に岡田君は立っていた。学校の敷地が見渡せる。校門の脇の壁に目が行ったため僕は、「あのペンキはどういう意味があったんだい」と訊ねた。

岡田君は少し眉を動かして、僕を見た。背も身体《からだ》つきも同じくらいであるのに、彼のほうが大きく感じられ、僕は咄嗟《とっさ》に、つかみかかられてしまうのではないか、と身構えた。が、そうはならず岡田君は、「あれは別にやりたくてやったわけじゃない」と言った。

「ほら、あの日、山登りが延期になったでしょ。それが関係しているの?」

「山登り？」岡田君はとぼけるわけでもなく、何のことだ、と不思議そうな反応を見せた。その瞬間、僕は、登山延期と岡田君の行動には関係がなかったのだと分かる。山登り延期にがっかりしたとか、そういった理由で、ペンキを塗ったんじゃなかったのだ。

それならどうして。

弓子先生と何の関係が？

僕は首を傾げた。同時に、「岡田君は問題児だ」という台詞《せりふ》が頭をかすめる。問題児がいるのであれば、答え児もいるはずだ。そこからお父さんとの電話を思い出した。例の、アリババと盗賊の話から、「いたずら書きを隠すために、いたずら書きをする」という考えに行き着いた。

「あれって、落書きを消すために落書きをしたの？」

その時、岡田君がはじめて、僕を認めてくれたのかもしれない。目を見開いて、どうして分かったのかと明らかに驚いていた。

「簡単なことだよ」事の全貌はまったく分かっていないのだけれど、全部お見通し、というふりをした。

「あそこに弓子先生の悪口が描いてあったんだ」岡田君が顔をしかめる。

「悪口？」

岡田君は毎朝早くに、外を走っているのだという。何のために、と訊いても、「何となく」と答えがあった。陸上部でもなければ、マラソン大会の準備のためでもない。ただ、「何となく、身体を鍛えておこうと思って」という理由で朝の五時に目を覚まし、家を出て、ランニングや腕立て伏せをやるのだという。言われてみると、岡田君の体は引き締まっていて、だから力強く見えたのかもしれない。

「あの日、学校を通りかかったら校門脇の壁に、でかい字で、『弓子、許さない』と描いてあったんだ。スプレーなのか、何なのか。いろいろ口汚い言葉が」

「口汚い？」その言い方は、僕には新鮮で、岡田君自身も言い慣れていない様子だった。誰かの、親やテレビから得た言葉に違いない。

「どういう意味なのか、お母さんに訊いたら、めちゃくちゃ怒られた。それくらい下品な言葉なんだろう」

「岡田君のお母さんは怒ると怖い？」

僕は深い意味もなく訊ねたのだけれど、岡田君は予想以上に顔を強張《こわば》らせた。その顔を強張らせた自分が嫌いなのか、すぐに舌打ちをする。どきっとする。相手の不愉快が、僕のお腹を突いてくる。

「怖い」岡田君は答える。

「弓子先生よりも？」

「弓子先生の場合はさ、ほら、たとえば、誰かが餌やりを忘れて、金魚を死なせちゃったとするだろ」

「たとえば、ね」

「そうしたら、弓子先生は、餌やりを忘れたことは怒るけれど、その子を軽蔑したりはしない」

「どういう意味?」

「うまく説明できないんだけどな」岡田君はぶっきらぼうだ。「お母さんの場合は逆なんだ。失敗すると、失敗した中身じゃなくて、失敗した俺を軽蔑する」

軽蔑、という言葉がまた大人びて聞こえた。軽蔑したり、されたり、という経験は今までなかったし、これから経験することとも思えない。

僕はそこでふと思い出し、「罪を憎んで人を憎まず、ってやつだ」と言うと、岡田君は顔を明るくした。「ああ、いいこと言うな。それかもしれない。弓子先生はそれだ」

確かに、弓子先生は、僕たちを叱る時、僕たち自身ではなく僕たちのやったことに、がっかりして、怒っている。だから、僕たちは、自分自身ががっかりされないように、次からは頑張ろうと思う。

「弓子先生は、俺とかにも、『しっかり!』と言ってくれるだろ。あれはさ、しっかりやれば大丈夫だから、って俺の力を信じてくれているような気がして、すごく嬉しい。

うちのお母さんの場合は逆だ。俺のことを信じていない気がする」

「そんなことは」

「だからなのか、お母さんは、弓子先生が嫌いだ」

「え、そうなの？」

「他にも弓子先生に不満を持っている親はいるみたいだしさ」

「何で？」僕には、弓子先生が嫌われる理由が想像できなかった。怖いところもあるけれど、優しいし、僕たちを馬鹿にしない。

「前に親が集まった時に、弓子先生に誰かの親が、成績について質問したらしいんだ。塾にも行かせているのにテストの成績が悪い、とか。このままだと中学受験が心配だ、とか」

「中学受験する子とかいるんだ？」僕が言うと、岡田君は苦笑いをして、「結構いるよ」と答えた。

　そしてそこで弓子先生は、勉強をしたくない時は無理にさせないでも、子供の頃はもっと大事なことがありますから、と答えたらしい。それが一部の母親には、能天気な態度に取れたのだという。弓子先生に子供を任せておいて大丈夫かしら、と不安になる母親が少なからず出てきて、「弓子先生が嫌い」なグループが生まれたわけだ。

「だから、壁の変な落書きが見つかったら、弓子先生がまずいと思ったんだ」

ただでさえ、一部のお母さんたちに不評である先生の立場が、もっと悪くなり、場合によっては、学校にいられなくなるんじゃないかと想像して、岡田君は落書きを消そうとした。

「まずは見えないようにしないといけないだろ。学校の裏にペンキが残ってるのは知ってたから、それで消したんだ」

「消したというか、青で塗っただけだけど。でも、誰がその落書きをしたわけ？　弓子先生を嫌いなお母さんの誰か？」

岡田君は首を横に振った。「たぶん違う。下品な言葉だったし、あれは、弓子先生のことを好きな男とか」

「先生なのに？」僕の口からとっさに出た言葉に、岡田君が口元を緩めた。「先生だって家に帰れば、テレビを観るだろうし、マクドナルドにも行くよ。『明日からまた仕事だ、かったるいな』と思ったりもするだろうし」

まあそうだろうけれども、と言いながらも僕はどうにも、そういう弓子先生は想像できなかった。

「でも、弓子先生を好きな男が何で、落書きなんてするんだろ。言いたいことがあれば電話で言えばいいし、手紙を書いてもいいだろうし、壁に描くなんて。ギネスでも狙ってるのかな」

ギネスは分かんないけれど、と岡田君は言って、「ようするにそいつは、変な男ってことだろ。普通じゃないんだよ」と足を前に出した。ほら、と手を伸ばし、フェンスから何かを手に取った。

双眼鏡だった。紐《ひも》のようなものがくくりつけられ、フェンスの金具と繫がっている。

「何それ」

「さっきも言ったけれど、ここから校庭を見ている怪しい男がいるんだ。双眼鏡で覗いて」

「弓子先生を！」

「体育の時だけじゃない。授業中も時々、窓から見えた。ここから、こうやって弓子先生を眺めているんだろうな」岡田君は嫌いな食べ物に触れるような手つきで双眼鏡を、僕に差し出してきた。

つかんで顔に当てる。思ったよりも景色は大きく見えた。学校の校庭には誰もいなかったが、確かにあそこに弓子先生がいれば、その顔が手に届くくらいに見えそうだ。知らず、鼓動が速くなっている。覗き見をしている罪悪感からか、誰かに怒られるような気がして、怖かった。だから、「おい、何してんだ」と後ろから強い声で言われた時には、びびってその場で、ひいい、と座り込みそうになった。

知らない男がそこにいた。赤のジャージ姿だ。いくつくらいなのだろう。ずいぶんなおじさんにも見えたけれど、もしかすると若いのかもしれない。身体はひょろっとしていた。眉と目に迫力があって、乱暴な感じが漂っている。昔よく、縁日で金魚すくいを仕切っていたお兄さんを思い出した。

「おい、屋上で何やってんだよ」と彼は言い、僕たちのところに寄ってくる。

「あ、いえ」と僕がしどろもどろになっている一方、岡田君は落ち着いたものだった。

「そっちこそ何やっているんだよ」と一歩前に出た。「もしかすると、学校を眺めに来てるんだろ。覗いてるんだな」

なるほどこの男が、弓子先生を狙っている男なのか。岡田君の指摘で、僕もようやくそれに思い至る。「何で弓子先生を付けねらうんだ！」と言ってしまう。

はあ、誰先生だよ。バイトだよ、バイト。ほらあのアドバルーン、と男は指を上に向ける。ロープが伸び、その先に垂れ幕をつけた赤い球があった。

専用の土台のようなものに滑車があり、ロープはそこに巻かれている。

「最近はここでずっと、ぼーっとしているんだよ。おまえたちこそ、こんなところで何やってんだよ。万引きでもして、逃げてきたのか」

　いえ、と僕は急に気まずくなる。この男の人がここでアドバルーン係をしているのだとすれば、怪しいのは僕たちのほうに間違いない。岡田君は、と見れば僕と違って、おろおろすることもなくて、「これ、じゃあ、おじさんの？」と双眼鏡を持ち上げた。

「おじさんとか言うんじゃねえよ。おまえたちより二歳下だぜ」男が真面目《まじめ》な顔で言うため、僕は信じてしまい、「そうなの？」と驚いた。

「なわけねえだろ。俺が小学生に見えるかよ。今さら小学生なんてやりたくもねえよ」

「そうなの？」また言ってしまう。苛《いじ》められていたりしたのだろうか、と僕は単純に連想した。思わず口に出していたらしく、男は唇を曲げ、「子供の時は親父《おやじ》にいつも苛められて、大変だったんだぜ。やっぱり、身体が小さければ、勝ち目はねえし。あんなつらい日々はまっぴらだね」と肩をすくめた。「で、そうそう、その双眼鏡は俺のじゃねえよ。あ、なるほどな」と腰に手をやって、フェンス近くまで歩いてくる。「学校を覗いていたわけか、あいつは」

「あいつ？」岡田君が声を大きくする。「見たのか」

「ああ？　おまえは何だかふてぶてしいというか、突っ張った子供だな」

　突っ張った子供とは、どういうことか。僕は、相撲の技を思い出す。折り曲げた両手を交互に動かし、敵を叩きながら、近寄らせない。岡田君の近寄りがたさと、確かに重なる。

「最初はな、ビルの管理人だと思ったわけよ」男は言う。「時々、ふらっとやってくるからな。双眼鏡で眺めて、周りに危険がないかチェックしてるんだろ、ってな。もしくは、どこかの家でも覗いてるのかと思ったぜ。そいつがいなくなった後で、こっそり俺も使ってみたんだけどな、別に面白いものも見えねえし。鳥でも観察してんだな、って俺の中では結論づけてたけどよ、そうか、学校な。学校ならよく見えるけど、でもよ、学校覗いてどうすんだよ」柄が悪く、怖そうな男ではあったけれど、自分の考えていることをだらだら喋る様子はどこか、親しみやすかった。

「弓子先生を見ているんだ」僕は言った。

「そう。弓子先生を許さない、って思っている男だ」岡田君もうなずく。

「でもさ、許さない、ってことは、もともと弓子先生がそいつに悪いことしちゃった、ってことでしょ。意外だよね」

「おまえたちにはまだ分からないかもしれねえけどな」男がそこで、鼻息を荒くする。

「女に勝手に惚《ほ》れて、付け回すような男ってのはいるんだよ。これがまった く、けっこういるんだよ。無言電話をかけたり、尾行したり」

「探偵みたいに?」

「依頼も事件もねえのに尾行する探偵だな」男はうんざりした声を出す。「俺の知り合いにも、そういう奴がいるんだけどな、ああいうのはいつか事件を起こすぞ」

「そうなの？」

「勝手に好きになる奴ってのは、その反対に、勝手に怒ったり、勝手に憎んだりするもんだからな」

「警察に言わないと」

「残念ながら、警察ってのは事件にならないと動けねえんだ。怪しい、ってだけじゃ何もできない」

「弓子先生が危ない。どうにかしないと」と言っても、僕にどうにかできるわけがなく、右へ左へ行ったり来たりするだけの状態だ。

岡田君は違った。その時、自分がやれることを冷静に考えていたのだろう。「俺がここにいる」と宣言した。「犯人はどうせまた、ここに来るだろうから、待ってればやってくる」と双眼鏡を指差す。「俺がここでそいつを捕まえるよ」

「あ、でも、学校はどうするの」

「どうでもいいよ」岡田君はむすっと答えた。

男が笑い、「おまえたちな、子供二人で粋《いき》がるのもいいけどな、現実を見ろっての。いいか、夢ばかり見ててもどうにもなんねえぞ。俺の知り合いは、そのうち電話も持ち歩く時代が来るぞ、なんて言って息巻いてるけど、そんなの夢物語で現実味がねえ。電話持ち歩いてどうすんだって話だ。だろ？『もしもし、山田さんのお宅ですか？』って訊いたら、『いえ、今、家ではなく歩いております』とか答えるのかよ。おかしいだろうが。そんなに急用なんてねえよ。外で電話で喋るくらいなら、直接会いに行くっつうの。電話を持ち歩くなんて夢を見るよりは、自分の周囲の現実を見ねえと駄目だ。おまえたちの前に現われてくるのは、現実だからな」

男がまくし立てる勢いに、僕は圧倒されたし、岡田君も、「何だこの人」と驚いている。ただ、「現実を見ろ」という言葉は僕の中で、なぜか強く響く。

「俺が見といてやるから」男は言った。どこから出したのか、手鏡を覗き込んでいる。

「え。鏡を？」

「違うっての」男が顔をこちらに向ける。「これは、俺の身だしなみをチェックしてるだけだ。どうだ、髪型、決まってるだろ」

「ええ、まあ」と僕は答えるしかない。

「あのな、俺はしばらくここでアドバルーンやってるんだ。馬鹿みたいにぼうっとして。だからまた、双眼鏡の奴が来たら、俺が問い詰めておくからよ。何だったら、脅しておいてやるから。俺の女に手を出すなとかな」

「弓子先生は、おじさんの女ではない」岡田君が言う。

「まあな。あ、そうだ」男はそこで、手をぱんと叩いた。「でもよ、俺、その犯人の写真撮ってるぞ。思い出した！」

「え、写真？」

「そうだ、そうだった。あのな、夏にな、女と海に行ったわけよ。こんなビキニの」男は水着の形を指で描くようにして、一人で興奮している。海がどうしたのだ、と僕は思う。

「で、使い捨てカメラで何枚も撮ったのに、それきりになってってよ。現像しないといけねえな、と思っていたんだよ。フィルムが何枚か残っていてもったいねえから、ちょうどその時、ここにいたからよ、ぱしゃっと三枚くらい撮ったんだ。その時、いたわ」

「いたわ？」

「その、双眼鏡の男が通りかかった記憶がある。端っこに写ってるかもしれねえぞ」

「見せて」岡田君が手のひらを上にして、小遣いでもねだるように、言った。

「今はねえよ。現像中だ。もう少ししたらできあがる。また、その時に来いよ」

それまでに犯人が現われたら、俺が、おまえたちのかわりにきつく、言ってやるからよ。男は面倒臭そうに伸びをし、「じゃあまたな」と僕たちを追い払う。「そいつ脅して、金でも取るかな」と嬉しそうでもあった。

家に帰っても、僕は、弓子先生とそれに忍び寄る敵のことが気にかかり、今すぐにでも警察に届け出たほうがいいのではないか、と家の電話の前をうろうろしてしまう。お父さんに相談しようにも、電話がかかってこないため、「お父さんと喋りたい」と、思い切ってお母さんに相談した。お母さんは、どうしたの、と心配してくれるが、「今、お父さんのいる国は昼間で、会社に行っている時間よ」と首を振られる。

　外国までの電話料金がびっくりするくらい高いのは、僕も知っていた。時差め、電話料金め。


　対決の時はすぐにやってきた。翌日だ。

　平日の授業が終わり、帰りの挨拶を終え、みながランドセルを背負い、わいわいと教室から出ていく。岡田君が、僕に話しかけてくることはなく、相変わらず無口でぼんやり外を眺めているだけだったから、僕は近づいて、「昨日のビデオ」と言ってみた。彼が借りた映画を一緒に観よう、という約束のことだ。

「ああ、そうか。じゃあ、来る？」と岡田君が言ってくれ、僕は嬉しかった。

　教壇に目をやると、弓子先生が出席簿と教科書を重ね、部屋を出るところだった。数人が挨拶をし、帰っていく。そこに教頭先生がやってきて、明らかに困った表情で、弓子先生にこそこそと伝えるのが目に入った。弓子先生の顔色が青くなるのが見て取れた。

先生は慌てて、教室から出ていく。

僕は、岡田君と顔を見合わせた。

良からぬ出来事が起きている。

お互いに口に出したわけではないけれど、弓子先生の後を追った。距離をあけ、他の下校する児童たちの流れに紛れるようにし、二人でついていくのは、まさに探偵や刑事の動きそのものに思える。

弓子先生は職員室の前を通り過ぎて、校舎の裏側へ向かっていった。焼却炉や腐葉土があったりと、薄暗く独特の臭いが漂う場所で、率先して行きたい場所ではない。

ジャージ姿の弓子先生はまわりを見渡しながらも、足早で、時々、小走りになった。

男が立っていた。弓子先生がびくんと止まる。明らかに怯えているのが、背中側にいる僕にも分かった。怖いが、逃げるわけにもいかないのだろう。

しっかり！

いつも先生が僕たちに呼びかけるように、僕も声をかけたかった。けれど、声が出ない。

弓子先生の前に立つ男は、見たことのない若い男で、胸の開いたシャツや姿勢から、「ちゃんとした大人」とは、ずれているのが分かる。柄が悪い。

岡田君がさっと動き、斜めに移動した。少し近づき、倉庫の陰に隠れた。僕も続く。

足音がしたはずだが、気づかれてはいない。

心臓が激しく打っていた。大丈夫、お父さんの子供だから、と僕は何度も自分に言い聞かせた。お父さんはこういった任務をいつもやっているのだ。僕にできないわけがない。

「学校に来ないでください」弓子先生の声が聞こえた。

「いいじゃないかよ。知らない仲じゃないんだから。参観日みたいなもんだろ」と男はへらへら言う。「それにしてもさ、おまえの弟ですと言ったら、あっさり案内してくれたよ」

「うちの職員はみんないい人だから、疑ったりしないんだって」

「さっさと縒《よ》りを戻そう」と男は言う。

「縒りも何も、はじめから恋人ではなかったんです。もう来ないでください」

「お金もなくなっちゃったんだ」

二人のやり取りは、僕にはよく理解できなかったけれど、弓子先生が男を嫌がっているのは分かる。

「警察を呼びますよ」

「ただの言い合いじゃないか。彼女の仕事ぶりを見たくて、職場を見学に来ちゃいました、と説明するさ」

さあ、どうすればいいんだろうか。岡田君どうしよう、と囁《ささや》こうとしたが、その時には、岡田君の姿は消えていた。

え、と思えば、倉庫の陰から出て、「おい、おまえ」と声を上げている。

「岡田君」と弓子先生が振り返り、驚いていた。

「何だよ、おまえ」男は怯《ひる》む様子もない。

「弓子先生が迷惑がってるんだから、もう来るなよ」岡田君はのしのし歩いていく。

「壁に落書きをしたり、おまえ、変だよ」

「落書き？」弓子先生が、岡田君を見て、それから男を眺める。「何それ、岡田君」

「そういえば、あれ、上からペンキで塗られてたよな。あのほうがみっともない」男の声はだんだん大きくなった。

「屋上からこっちを見張ったりもして！」僕もそこで、岡田君の脇に飛び出していた。

弓子先生はさらにびっくりしていた。

「おまえたち、何なんだよ、二人して。弓子のクラスの子供なのか？　躾《しつけ》がなってないな。あらー、僕たちの弓子先生をいじめないでください、僕たちが守ります、ってか」男は、赤ちゃん言葉をまぜるようにし、僕たちをからかう。

「そんな喋り方してないだろ」岡田君の声はひときわ、大人びて響いた。頭の中にスイッチがあって、それが切り替わったかのような、覚悟を決めた様子で一歩、二歩と男に近づいていく。

「岡田君たちはおうちに帰ってて、これは先生の問題だから」弓子先生が慌てて、岡田君が前に出るのを止めるために手を出したが、岡田君はそれを強く払った。もはや、男のことしか見ていない。「先生の問題？　いつだって、先生の出す問題を解くのは、俺たちじゃないか」と岡田君は言ったかと思うと、横に置いてあった、焼却炉で使う鉄の棒、灰を掻《か》き出すために使うあれをつかんで、振っていた。

僕は声が出なかった。弓子先生も口に手を当て、動けないでいる。

岡田君の振った棒は、男の頭に向けられた。男はとっさに左手を上げ、避《よ》けたものの、呻《うめ》き声を発する。獣が騒ぐのに似ていた。

岡田君は棒をまた振りかぶる。「弓子先生を困らせるな」

「何言ってるの、僕ちゃん」

弓子先生が何かを言い、岡田君がもう一度、鉄の棒を振り、男がそれを体で受け止める。それらが、ほぼ同時に起きた。僕は立っているだけだった。

気づけば岡田君が、男に捕まっていた。男は岡田君を後ろから羽交い締めにし、そしてどこから取り出したのか、小さなナイフのようなものを岡田君の首に突き付けている。

僕は目の前のことが理解できない。

弓子先生が怒った。つむじから火が出るんじゃないかというほど、顔を赤くして、

「何するの」と怒った。「岡田君を今すぐ放して」

「こいつが先に殴ってきたんだよ」

「子供でしょ」

岡田君は体をばたつかせ、どうにか逃げようとしているが、男は見た目よりも力が強いのか、びくともしない。見れば、腕はとても太かった。毎朝、走って身体を鍛えている岡田君であっても、やはり大人の力には敵《かな》わないのか。

「よし、じゃあ、弓子は校庭に行って、服を脱ごう」男は言った。

何を言っているのか、僕の聞き間違いかと思った。

「いいから、ちゃんと俺の言うこと聞かないと、こいつを刺すよ。こうなったら自棄だからね。この子供の人生も台無しにしてやるから」男は喚き、涎《よだれ》を垂らさんばかりの表情になる。

岡田君はといえば、その男とは対照的に冷静で、頭上の男を見上げつつ、体を振り動かしている。首に向けられた刃先に顔をしかめていた。

「いいから、このまま校庭に行くんだ」男は言う。弓子先生はかなり動揺していただろうし、慌てていただろうけど、僕のほうをちらと見て、「職員室に行って、警察呼んでもらって」と小声で、僕にだけ指示を出した。なるほど、僕一人ならここから離れられるかもしれない！　やっぱり先生は頭が切れ、頼りになると思った。が、男も勘が良かった。僕に向かって、「おまえもついてくるんだぞ」と怒鳴った。僕は、くそ、と内心で悪い言葉を口にして、空を見る。お父さんなら、どうするのか。

校庭はいつになく、児童が少なかった。たまたまなのか、それとも高学年が課外授業だったのか、いつもであればキックベースやサッカーの簡単な試合が行われているが、その時は鉄棒のまわりで何人かが走っているくらいだった。

僕たちは校舎裏から出て、校庭の隅まで移動している。

「真ん中まで出ていって、そこで裸になれば、許してやるからさ」と男は岡田君を羽交い締めにしたまま、顎《あご》で校庭中央を指した。「そうしなければ、刺しはじめるよ」

服を脱がせるとは、子供じみた苛めだ、と僕は思ったが、弓子先生は体を震わせている。怖がっているのか、怒っているのか。

岡田君は体を動かすことをやめない。

「じっとしていないと駄目だよ」と男が刃先を動かす。首に少し刃が当たったのではないか。さすがに岡田君が小さな悲鳴を発すると、弓子先生が、「やめて！」と叫んだ。

どうすれば？

僕は生まれてこの方、味わったことのない焦りを感じて、気が遠くなりそうだった。どうすればいいのか。

これも、「問題」だ。「問題児」と「答え児」だ。この状況をどうすればいいのか、僕が答えを探さないといけない。

身近なもの、と頭に浮かぶ。お父さんが電話で言っていたではないか。身近なものを武器のかわりにする、と。周囲を見る。校庭に体を向けた僕は、木の横に立っており、後ろにはフェンスがあった。

まさか木を引っこ抜き、振り回すわけにもいかない。ただ、少し顔を上げたところ、木の枝分かれした部分に緑のものが見えた。低い位置に、ボールがあったのだ。

ドッジボールが木の枝と幹の間に挟まっている。

これこそ、岡田君が、なくした、と責められていたボールではないか。手を伸ばせば、届く高さだ。枝や葉が邪魔で、パッと見は分からないのかもしれない。ボールが何かの拍子で跳ね、挟まったのだろうか。

つかみとって、男に投げ付けることを考える。それしかない。ただ、岡田君が捕まっているのでは、ボールが彼にぶつかるか、そうでなくても、ナイフが動いて余計に危ないではないか。後ろにいる男の顔面に当てられればいいけれど、そこまでうまくできるとも思えない。

悩んでいると男が、「おい、おまえ、妙な真似するんじゃねえぞ」と言ってきて、僕はまた身動きが取れなくなる。

岡田君と目が合った。「俺は大丈夫だから」と言うので僕は戸惑う。「この男をやっつけろ」

「そんなこと言われても」

「さっきはこのナイフにびっくりしたけれど、もう大丈夫だ。怖くない」

「強がって偉いから、殺すよ」男が喚く。弓子先生はすでに泣いており、「やめて」と叫んだ。

「おい、弓子、早く服を脱いで。ほら、まずはそのダサいジャージから。先生、頑張って」

弓子先生も混乱しているのか、泣きながら、ジャージのファスナーに手をかけようとして、僕はどきっとした。いったいどうなってしまうのか。

「ほら児童のためだよ、頑張らないと」

岡田君は大人たちが取り乱せば取り乱すほど、冷たく、穏やかになっていくようにも見えた。むすっとしたいつもの岡田君に戻ったかと思うと、「刺されたら、絶対、おまえも道連れにしてやる」と呟《つぶや》き、僕をぞっとさせた。

男が喚いたのは、その時だった。「うわ、何だ」と声を上げると同時によろめいたのだ。手を顔の前に翳《かざ》し、体を斜めにした。

眩《まぶ》しい、と呻く。

岡田君は素早かった。手がどくとすぐに、男から離れ、体を反転させ、腕を振っている。下から上に、鉤《かぎ》形に折り曲げた右腕を突き上げ、男の顎を殴った。腕だけでなく、跳躍も加わり、ロケットで顎を撃ち抜くような勢いがあったのだろう。

男は呆気《あっけ》なく後ろに倒れた。

僕は唖然《あぜん》とし、助かった、とも、やっつけた、とも感じることなくぼんやりとしているほかなかった。が、岡田君は違った。

さらに地面を蹴ると、倒れた男に馬乗りになって、拳《こぶし》を振り回しはじめた。しっちゃかめっちゃかに殴り付けている。

岡田君、と弓子先生が声をかけても、止《や》める素振りはなく、頭の中が爆発したかのように、ひたすら男を殴っていた。僕も、「岡田君、岡田君」と呼ぶが、聞こえている様子はない。

少ししてパトカーの音が聞こえた。大きく、高くなってくる。それでも岡田君は、男から離れようとしない。

僕は手を伸ばして、木に引っかかったドッジボールを落とすと、すぐに拾って、思い切り投げた。岡田君の後頭部に当たり、そこでようやく、岡田君の暴力は収まった。

それから一日か二日のうちに、いくつかのことが判明した。

言うまでもなく、弓子先生に罪はなかった。

ただの、知り合いに過ぎなかった男が、一方的に、弓子先生を好きになって、近づいてきたらしい。いたずら電話などの嫌がらせがどんどんひどくなり、学校の壁に落書きをし、学校の敷地にも入ってきて、おまけに岡田君を羽交い締めにした。

ただ、男は、向かいのスーパーマーケットの建物の屋上には行ったことはなかった。

双眼鏡を使っていたのは別の男だったのだ。

あのアドバルーンのバイトをしている男が現像した写真に、その、双眼鏡の男は確かに写っていた。

僕のお父さんだった。


当時、両親は、離婚したことを私に伝えられなかったのだ。

いったいどういうタイミングで、どう話すべきかを悩んだ末、しばらくは父が出張で外国に行っている、と説明することで様子を見ていた。

もともと父は出張がちだったが、あの時の父は外国ではなく、会社近くの寮で寝泊まりをしているだけで、父は母から、「家には近づかぬように」と命じられ、私と会うのももってのほか、電話も一週間に一度程度が許せる限度だ、と言われていたらしい。滅多に家にいない上に、取引先の女と不倫関係になったことが離婚の原因であったから、母としては、父に苦痛を与えるための条件をいくら出しても、癒されることはなかったのだろう。

とはいえ父は、息子のことを、つまり私のことを気にかけていた。

自分に子供ができた今となってはよく分かる。子供が学校生活を無事に送れているのか、「ちゃんとやれているのだろうか」と気にせずにはいられない。私も、平日に学校の敷地近くを車で通れば、校庭を見て、「うちの子はいないだろうか」と姿を探してしまう。

あの時の父も、そうだった。

離婚をし、親権を失った彼は、私と直接会うことができなかった。「いずれは面会日を設けて、定期的に」といった話もあったようだが、はじめのうちはまず、私に、「父親なしの生活に慣れさせる」ことが目的で、だからこそ海外出張の偽装までしていたのだから、会うことは叶《かな》わない。

そのため父は、屋上から覗いていたのだ。

学校の向かい側にあるスーパーの建物の屋上で双眼鏡を使えば、校庭やクラスの様子が確認できることに気づき、近くを通りかかればこっそり車を停めて、屋上まで上がり、眺めていた。

外回りの仕事に異動になっていたことも、ちょうどよかったのかもしれない。さらに言えば、まだ、セキュリティの意識が低い時代だったからこそ、だ。今であれば、部外者が屋上に上がり、双眼鏡を使えば、不審者として目をつけられる。あの時は、弓子先生を困らせていた男に対し、ストーカーという呼称さえ、存在しなかったし、屋上へも比較的簡単に出入りができるほど、防犯意識が薄かった。

言うまでもなく、父は、極秘任務を請け負った間諜《かんちょう》ではない。

では、どうしてそのような嘘をつく必要があったのか。

下校中の私が、見知らぬ女性から、「お父さんのことを知ってるわよ」と声をかけられたことがきっかけだった。何ということはない、あの女性こそが、父の浮気相手だった。偶然なのか、故意なのか、彼女は私を見つけ、浮気相手の父を良くも悪くも刺激する行動に出た。

私からその話を聞いた父は慌てたのだろう、咄嗟に嘘をついた。それが例の、「俺はスパイなのだ」発言で、確かに今から考えれば、「よくもまあ」と呆《あき》れ、「言うほうも言うほうだが、信じるほうも信じるほう」と苦笑せずにはいられない。が、父もそれなりに必死だったのだ。

「その女性は、スパイの秘密を知る謎の女性なのだ」と私に信じさせ、そのために、おそらくは知人に頼んだのだろうが、数人に私と接触させ、謎めいた言葉をかけた。

あれも、アリババの話と同様の作戦だった。特定の家がばれないように、すべての家にバツ印をつけるのと同じく、特定の女性の発言をごまかすため、他にも謎めいた発言をちりばめた。

「でも、そんな嘘までついたくせに、結局、お父さんは、浮気がばれちゃったわけですね」私の話をそれまで聞いていた男が口を開いた。

丸々と太った体型で、体は大きかったが、顔は幼く、年齢不詳だった。大きなサイズのジャケットを羽織っているが、それもボタンが留まっていない。手元にはデジタルカメラがあった。

スタジオ内にいるスタッフや宣伝部の人間も、何だかいかがわしい男だな、と思っているはずだ。

新作映画に関する宣伝のため、今日だけで十件近くの取材を受けており、この男も、就職雑誌のインタビュアとしてやってきたのだが、どうにも不慣れな様子なのが不審だった。映画についての質問もおざなりの、しかもメモに書いてあるものを読み上げるだけで、それが終わったかと思えば、「小学校の同級生に岡田さんというのがいませんでしたか」と、それもやはりメモを読むようにして、言ってきた。

はじめは誰のことかと思い出せなかったのだが、やがて、小学生の頃の記憶が飛び出した。

私にとって、あれは、あとにも先にも味わったことのない体験だった。頭の中から引っ張り出せば、それは鮮明に浮かぶ場面ばかりだった。

今日は朝から、自分の監督した映画について、同じことばかり喋り、疲れと飽きを感じていたからだろう、私はまわりに人がいることも忘れ、小学四年生の時のその話を夢中になって、語っていた。

「父はあくまでも、その浮気は遊びのつもりだったんでしょう。女性が私に声をかけてきた時点で、怖くなって、別れたらしいです。ただ、母は勘が良くて、ずっと調べていたんですよ。証拠もあったから、『もう別れました』と父が主張しても、母にとっては関係がなかった」

「えっと、でも、当時、お父さんは何で、弓子先生が狙われていることに気づいていたんすかね？　電話ですでに予言していたんですよね」男は丁寧な言葉で喋ることにも不慣れなのか、ぎこちない。不審ではあるが、私は嫌ではなかった。どこかおどおどしているからだろうか。

「それは、ほら、父も見ていたんです。校門の壁に落書きされていたのを。『弓子、許さない』とか、何か下品な言葉を」

「え、いつ？　ですか」男は視線を合わせず、メモを取る。シャイな事件記者とでもいう態度だが、果たしてそれで仕事が務まるのか。「さっきの話ですと、落書きは朝早くにされていたんですよね。で、その岡田さんが消しちゃったんですから」

「その消しているところを、父は双眼鏡で目撃した」

「そんなに朝早くに？」

「その日は登山の予定があって、そのことを私は父に話していたんだ」

「ああ」その話がありましたね、と男はうなずいた。「あったですね」

「そう。父は、リュックサックを持って校庭に集合する私のことを、見たかったんじゃないかな。だから朝早くに、ビルの屋上で双眼鏡を構えた。ただ、登山予定が延期になったことまでは知らなくて、驚いたはずだ。誰もいない上に、子供がペンキで落書きを消しているんだから」

あの男との対決の時、私たちを救ってくれたのも父だ。

岡田君が羽交い締めにされ、身動きが取れなかった時、父は双眼鏡を覗いていた。校庭で起きている不穏な事態を目の当たりにして、泡を食った。

どうにかしなければ、と必死に頭を働かせ、まずはアドバルーンの男に、「警察に連絡して」と頼んだ。その彼が、「連絡してって簡単に言うけどな、電話ってのは持ち歩いてるものじゃねえんだぞ」と騒ぎながら、スーパーマーケットに降りていくと、父はその場に落ちていたアドバルーンの男の手鏡を使い、太陽を反射させる作戦に出た。効果があるかどうか、夏休みの実験のようにいくかどうか、そんなことまでは頭が回らなかったのだろう。警察が来るまでの間に、咄嗟にできることを考えた結果、鏡を光らせたのだ。

父からその時の話を聞けたのは、ずいぶん経ってからだ。

男が顔を背けたのは、果たして鏡の反射のせいだったのか、単に太陽の日差しが直接当たっただけなのかは分からずじまいだ。

だが、とにかく男は眩しくて、よろめき、岡田君が反撃に出ることができた。

父は、校庭に駆け付けようとしたが、その時にはパトカーが到着していたのだという。

事件の翌日、あのアドバルーンの男が見せてくれた写真に、海外にいるはずの父が写っていたことには、かなり混乱した。父は二人いるのか、もしくはこれこそが極秘任務の一環なのか、と思ったが、アドバルーンの男が、「大人の事情じゃねえか」と簡単にまとめた。男は、両親が離婚していたことまで想像していたのだろうか。「そのうち、おまえの親父はおふくろさんと別れちゃうかもしれねえけどな」とまで予言した。「まあ、たぶん、おまえの親父も、おまえのことが見たいだけだろうから、そのまま放っておいてやろうぜ」

事前に覚悟ができていたからか、その後で、母親から離婚を告げられた際にも、あまり慌てずに済んだ。

私には、あの時の岡田君の暴走ぶり、手の付けられない暴力の爆発のこともショックだった。何を考えているのか分からない岡田君は、結局、何を考えているのか分からないままだったのだ。クラスの女子が言ったように、岡田君は不安定で、ぐらぐら揺れて、どちらに転がるのか危なっかしかった。

「そう言えば、『小さな兵隊』は結局、観たの?」隣にいたプロデューサーが言ってきた。

まだまだ映画監督の卵、よくても幼虫としか言いようのない私に対しても、そのプロデューサーは親しく、対等に接してくれるため、ありがたい。「小学校の思い出話はどうでもいいから、宣伝してくれよ」とは言わなかった。

「あ、観ました」私は思い出す。「岡田君の家で。翌日だったかな」

「小学生がゴダールを観るとどう思うわけ」

「いやあ、分かんなかったです」と私は正直に答える。周りで、複数の笑い声が上がった。「フランス語だし、白黒だし、眠くなっちゃって。でも、あのお姉さんは可愛《かわい》いな、とか思って。ストーリーが分からない映画、あれがはじめてだったかもしれないですね」

岡田君が関心を持っていた拷問シーンは、半ば過ぎに登場した。手錠で繋がれた主人公が、いよいよか、と私と岡田君は息を呑《の》み、画面に注目した。主人公が、マッチの火で手を炙《あぶ》られ、バスタブの水に顔を押し付けられたりするのだが、主人公がほとんど無表情で、拷問する側も淡々としているものだから、痛々しさはほとんどなかった。観終えた後、岡田君が、「拷問って大したことないな」と呟いたのは本心だったのだろう。

きっと、レンタルビデオ店の店員は、小学生が観る拷問場面としてはこの程度がいいと考えたのか、もしくは、岡田君をからかうつもりだったのかもしれない。

「バカンスのことを考えた」

あの映画の中で、拷問を受けている主人公がそう独白する。岡田君はそれを気に入り、その後で何度か口にした。

「嫌なことがあったら、バカンスのことを考えることにする」

「バカンスって、夏休みとか？」

「バケーションとも言うんだろうね」

岡田君が果たして、どういう時に、バカンスやバケーションのことを思い浮かべて、現実逃避をしたくなったのか、私には分からなかった。ただ私もその後の生活で、嫌なことがあると、バカンスのことを想像して、やり過ごした。

「岡田君はひと月か、ふた月かして転校したんだ」

あのような事件が起きたとはいえ、岡田君は被害者で、犯人をやっつけた男であったから、怒ると怖い校長先生が叱りつけることもなく、むしろ表彰された。ただ、岡田君の母親は、事件に巻き込まれたことを、「みっともない」と感じたらしかった。町にはいられないと考えたのか、引っ越しが決まった。弓子先生はきっと、「まあまあ」と岡田君の母親を宥め、説得したのだろうが、うまく行かなかったのだろう。

私は引っ越しのことを、岡田君から聞いた。放課後、教室で帰り支度をしていたところ、寄ってきて、「実は」と話してくれたのだ。

「どこに引っ越すの」「分からない」「引っ越し先が分かったら、教えてね」「できたら」

岡田君とは友達になれたのだろうか、と思いながら並んで歩き、下駄箱《げたばこ》で靴に履き替え、校庭を進んだ。ある程度まで行ったところで、岡田君が思い出したかのように立ち止まり、スーパーマーケットのビルを見上げた。私も見た。

「昨日教えてもらったんだけれど、うちの親は離婚することになったんだって」私は言った。事実から言えば、すでに離婚済みだったのだが、その時は、「これから離婚するからね」と説明を受けていた。

岡田君はそれについては何も言わず、「太陽が邪魔で、見えないな」と手で庇《ひさし》を作った。屋上に人影があるかどうか、見ようとしてくれていたのだ。

私も同様の恰好《かっこう》で、目を細めた。双眼鏡を持った父がこちらを眺めているのかどうかを知りたかった。いればいいけれど。自分を見守ってくれる存在に、鬱陶《うっとう》しさと頼もしさを覚えていた。

「何してるの？」岡田君に言われて、私は自分が敬礼の恰好をしていることに気づいた。遠くで父が見ているのだとすれば、手を振るなり、飛び跳ねるなり、合図を送りたかったが、それでは普通の反応に過ぎない。父だと分かっている、と知らせるためには、私と父の間で通じる仕草が必要だと考え、だから昔からよくやった兵隊の敬礼をやりたくなったのだ。

岡田君はそのわけを訊ねもせず、私に並んで、同じ恰好をしてくれた。

お父さん、頑張ります、と思った。健闘を祈る、ときっと言ってくれるはずだ。

太ったインタビュアが、かりかりと指を動かしている。何をしているのかと思えば、新しい電池を出すために、透明の包みを剝《は》ごうとしている。不器用なのか、時間がかかっている。テープレコーダーの電池を交換するつもりなのだろう。これって、なかなか剝《む》けないと、このまま明日になるんじゃないか、って心配になりますよね、とぶつくさ言っている。それから、「岡田さんが転校して以降は、もう会うことはなかったんですか」と続けた。

「どうしてそんなことを訊くんですか」私は訊ねたが、すると彼は顔を引き攣《ひっ》らせ、見るからにおろおろした。知り合いが岡田さんの知り合いでして、であるとか、行方が分からなくて、であるとか、言い訳がましく言い足した。「やっぱり、いないんですね」と彼はうなだれた。

私も転校してからの岡田君のことはまったく知らない。

あれからの四年生の学校生活では、時折、心細さを感じることがあった。

それをよく覚えている。

岡田君とは親しくもなかったはずなのに、彼の転校は、私を意気消沈させ、孤独を感じさせた。両親の離婚のことが影響していたのも間違いなく、そうだ、それからしばらくして弓子先生も学校を辞めてしまったのだ。

大切な人が次々と去っていく怖さがあった。

校庭を眺めると、大事な身体の部品が風で飛ばされ、消えていくかのような不安を感じた。

父もいなくなり、岡田君もいなくなって、弓子先生もいなくなった。

「そういうものよ」と母は言ったが、私はその、「そういうもの」が恐ろしかった。

だから、しばしば、あの映画のことを思い出した。

恋人を失った主人公がラストで口にする台詞だ。

「悲しみを忘れなければならない。僕にはまだ残された時間があった」

まさにその通り、私はまだ十歳だった。悲しみは忘れなければならない。残された時間がたくさんあったから。

時折、バカンスのことを考えた。

アドバルーンの男にはあれきり会わなかった。広告用のアドバルーンはしばらく浮かんでいたものの、バイト要員が変更となったのか、スーパーマーケットの屋上に行っても男の姿はなかった。ただ、あのジャージ姿の男が、「現実を見ろよ」と言っていたのは、私の頭にこびりついていた。自分の見ているものは現実ではないのかどうなのか。裏側にも何かがあるのか。それが知りたくて、映画を撮りたくなったのかもしれない。

取材者が帰った後で、宣伝部の女性が、「いったいどんな記事になるんでしょうね」と言った。記事にはならないような予感が私にはあった。

第五章　飛べても8分

おい高田《たかだ》、後ろの車、当たらせるぞ。

溝口さんが言ってきた。細い片側一車線の道だ。後ろから来るのは白い車体の、力強い顔つきをしたセダンで、大きなエンブレムのせいか、誇らしげに鼻の穴を膨らませているように見える。

「大丈夫ですかね」助手席に座る俺は言った。「当たり屋」を思い付きでやるのは、利口とは思えない。

「おい、高田、俺の腕、信用できねえのかよ」溝口さんがバックミラーを確認した。

「どれだけ、この仕事やってると思ってんだ」

「だって、これは仕事じゃないですよ」単に、後ろの車が生意気に煽《あお》ってくるから、痛い目に遭わせてやろう、という、それだけのことだ。

「あのな、プロってのは仕事じゃなくてもうまくやるんだよ。プロの料理人は家に帰っても、美味《うま》い飯を作る、そういうもんだろうが」

「プロの料理人は意外に、家ではやらないらしいですよ」

ちゃらん、と音がした。俺の携帯電話にメールの着信があった報《しら》せだ。「何のメールだ」と溝口さんが訊《たず》ねてくる。「焼き肉屋のメルマガです。最近、何周年とかで、自棄《やけ》を起こしたみたいに、しょっちゅう来るんです」

解除するのも面倒で放っているのだが、日に何度も来るこのしつこさには、さすがに腹が立ちはじめてきた。別の焼き肉店の策略にすら思える。

「高田、おまえは頭がいいけど、いちいちうるせえんだよな。まあ、太田みてえに頭が悪い奴《やつ》に比べればマシだけどな」

「太田って、俺の前に溝口さんが組んでた奴ですよね」

「風船がスナック菓子食べてるような奴だった」

俺と同い年の男だったらしい。ずいぶん太っていて、動きも鈍いタイプの男、とあちらこちらで噂《うわさ》を聞いた。仕事ができない上に、常に間食でスナック菓子を食べているその匂いに耐え切れなくなり、一年前に溝口さんが追い払った、という話だ。

そもそも、どうしてそのような男と組んで仕事をしていたのか、それが俺には理解できない。この一年、一緒に仕事をしてきて分かったが、溝口さんはたいがい、ノリや勢い、ありもしない直感を信じて行動することが多い。だから、太田と仕事をはじめたのもその場の思い付きだったのだろうか。

太田との仕事によほど懲りたのか、俺が、溝口さんと仕事をはじめる時にも真っ先に確認されたのは、二点だけだ。「走れるか？」「スナック菓子の間食はしないか？」

が、一方で溝口さんは、俺を連れ、流行《はや》りのカフェに出向き、ケーキやタルトのたぐいを嬉《うれ》しそうに食べる。暇があれば、スマートフォンを使い、甘いものに関する情報を手に入れ、どこの誰が書いているかも分からない「食べ歩き日記」を読んでいた。

「俺はちゃんとした洋菓子ファンなんだよ。ジャンクなスナックと一緒にするんじゃねえよ」

溝口さんが速度を少しずつ落としはじめた。

やはり、ぶつけさせるつもりだ。

フットブレーキではなくハンドブレーキを主に使い、車を停《と》める。ブレーキランプはほとんど点灯しないため、相手は対応が遅くなり、後ろから激突してくる。いつものやり方だ。

俺が組んでからも、このやり方で何人も引っかけた。相手の運転手を、「よくもぶつけやがったな。どうしてくれるんだよ」と脅し、金を奪う。場合によっては、しつこく絡む。

いつもと違うのは、今までは毒島さんからの依頼、つまりは下請け仕事でやっていたのが、今回は、ただの思い付き、という点だ。

「あ、ちょっと下り坂になりますよ」溝口さんの横顔を見るが、俺の声が届いている気配はない。もはや、急停止のことで頭がいっぱいなのだろう。

「平坦《へいたん》な道に入ってからやったほうがいいですよ」「下りだって別に危なくねえよ」「そういう意味じゃなくて」

溝口さんはブレーキを引いた。

車体が斜めに傾く。

後方から軽い衝撃があった。体が前に揺れ、シートベルトで引っ張られた。

溝口さんはフットブレーキを踏み込み、車を完全に停止させる。

「行くぞ」溝口さんが外に出ていく。シートベルトを解除すると俺も続いた。


衝突の痕は大きくなかった。こちらの軽自動車の左後ろの角が削れたものの、向こうのセダンの顔面はほとんど無傷だ。

だから下り坂はやめたほうがよかったのだ。俺は内心、舌打ちをしている。

下り坂では加速するのを抑えるために、どの車もアクセルを強く踏むことはない。だから、急停止に対してもそれなりに反応できる。

溝口さんはやることが行き当たりばったりで、どうしようもない。五十代半ばで、俺より三十近く年上なのに、それにしては歳を重ねた思慮深さが感じられず、常にその場の思い付きと勢いで行動しているようにしか見えない。

溝口さんはおそらく今までの人生において、金銭という意味でも経験という意味でも、貯金をほとんどしてこなかったのだろう。毒島さんからは以前、「高田は、溝口とは反対の人生を歩いている」と言われたことがある。同感だ。俺は学校では勉強をこなし、要領よく仲間を利用して、生きてきた。違法なことに手を出すにしても、溝口さんのような男にはなるつもりはない。

「おいおい、おまえ、どこ見て運転してんだよ」溝口さんはのしのし、威圧的な歩き方で後ろのセダンに近づいていく。

運転席の窓が開くと、男のぽかんとした顔が出てきた。幼い丸顔だが、これほどの高そうな車を乗り回しているのだから、甘やかされて育ったどこぞのお坊ちゃんなのだろう。

助手席には誰もおらず、少し大きめの黒いボストンバッグが無造作に置かれていた。

「おまえさ、何してくれたのか分かってる？　どこ見て運転してんだよ」

「あ、でも、そっちのブレーキランプが点《つ》かなかったような気がして」

「お兄さん、何言っちゃってんの」俺はそこで、溝口さんの横から前に出る。「うちの車が整備不良とか言いたいわけ？　濡《ぬ》れ衣《ぎぬ》でしょうに。俺たちがどれだけ毎日、念入りに整備してると思うの。ほら、あれ見てよ、うちの車のお尻、がりがり削れちゃってるんだけれど。箱入り娘だよ、俺たちにとっては」

「車の、せ、性別は女性、なんですね」と色白の運転手は口を震わせながら、見当違いなことを言う。

俺は怒鳴り、溝口さんもわあわあ脅しつけた。それから、俺はいつもの段取り通り、男に免許証を出させ、それをデジタルカメラで撮影する。外見とは不一致の、やけに颯《さっ》爽《そう》とした氏名が目に入り、「名前負け」という言葉を俺は思い浮かべる。それから、電話番号を言わせる。「いいか、俺はすぐに自分のスマートフォンから発信し、その男に繋《つな》がることを確認した。「いいか、あとで修理代について電話をかけるからな。必ず出ろよ。もし、すっとぼけるようだったら、家まで押しかけるぞ」

「毎朝、呼びに行くぞ。一緒に会社に行きましょう、ってな」

弱々しい顔つきの男は、「はい、はい」と肩をすぼめてうなずき、「あの、もう行ってもいいですか」と窓を閉めようとした。

そこで溝口さんが、「あ、おい、おまえ」と思いついたかのように言う。「トランクを開けろ」

運転手は、「え」と少し驚き、もじもじと聞き取れない言葉を呟《つぶや》いた。

苛立《いらだ》つように溝口さんが怒鳴ると、レバーを引いたらしく、後方でトランクの開く音がした。俺は後ろへ移動する。「溝口さん、トランク開けさせてどうするんですか」

「思い出したんだよ。前にな、太田と仕事中に使った車のトランクに、金が入ってたことがあってな」

「だからって」この車にも入っているとは思えない。

「こういうお坊ちゃんは、絶対何か隠してるぜ」

トランクのドアを、溝口さんが持ち上げた。中にはバッグが一つ入っている。小旅行に行くかのような荷物に見えた。

溝口さんが無造作にそのファスナーを開いた。

え、と俺は息を呑《の》む。

予想もしていなかった物が、入っていた。

未知なる物ではなかったが、まさかそこにあるとは思わなかった物、拳銃だった。一つではない。複数の銃と銃弾が中にあり、折り畳まれた地図のような物も入っている。

「何ですかこれ」俺は言う。

「銃だろ」

「そうだとして、いったいどういう」

溝口さんは慌てて、運転席のところまでのしのしと歩いていく。「おい、おまえ、トランクに入ってるあれは何だよ」

脅し付ければすぐに白状すると思ったのだろう。

が、溝口さんは窓の脇に立つと、明らかにぎょっとし、動かなくなった。何が起きたのか、と目を凝らすと、運転手が銃を手にし、溝口さんに向けていた。

俺と溝口さんも銃は持っているが、今は軽自動車の中に置いたままで、迂闊《うかつ》と言えば迂闊だった。

直後、白のセダンが急発進した。トランクは開いたままだ。対向車線に飛び出す恰好《かっこう》で走り去る。

危ねえだろうが！　溝口さんが飛び退《の》き、バランスを崩し、尻もちをついた。のみならず、勢いがついていたせいか、後ろに一回転した。

タイミングが悪かった。対抗車線からワンボックスカーが向かってきていた。運転手も危険を察知し、急にハンドルを切ったようだが、上手に避けることはできず、見事に溝口さんの太腿《ふともも》を轢《ひ》いた。

「骨が折れたぞ。完璧に折れてる！ 救急車、救急車」と子供のように騒いでいる溝口さんをよそに、俺は毒島さんのところに電話をかけ、指示を仰いだ。下手に一般の病院に担ぎ込まれ、仕事のことがばれ、面倒になっては困る。

電話口に出た「常務」と呼ばれる男は、俺たちの状況を聞くと、小馬鹿にしたように笑い、「どうして仕事でもない時に当たり屋をやって、骨まで折ってんだよ」とぼそぼそ言ったかと思うと、明らかに、「これが本当の、骨折り損だな」という台詞《せりふ》を言いたくて仕方がない様子で、口に出す欲求との戦いを勝手に繰り広げているようだったが、結局はただ、「念のため、新若島病院に行け」と指定してきた。

警察沙汰《ざた》にすることもできないため、溝口さんを轢いたワンボックスカーの運転手には、「さっさと行け」と促した。その中年男性はさすがに不審がっていたが、このまま解放されることを幸運にも感じたらしく、あっという間に消えた。

さて、左足の大腿骨《だいたいこつ》を折った溝口さんは新若島病院で手術を受け、そのまま七階建て病棟の三階、一番西側の大部屋に入院した。

はじめのうちは、痛みに呻《うめ》き、騒ぎ、ナースコールを押しては看護師を困らせ、「昨日、手術して、今日からリハビリってどうなってんだよ。人間の身体《からだ》はそんな風にできているのか？　無茶させるなよ」と泣きながら怒るような、面倒臭い状態だったが、少し経《た》つと、リハビリ担当者も驚くほどの快復ぶりを見せ、松葉杖《まつばづえ》を使えば、すいすいと移動できるようになっていた。

根が単純で、体が丈夫な人間は、こうも治りが早いのか。

快復するのは喜ばしいことではあったが、毎日見舞いに行く俺からすれば、病院に着くとまず、溝口さんを捜さなくてはならず、面倒が増えた。

「おお、高田」病室に姿がないから、と喫茶スペースに顔を出せば、溝口さんが手を上げる。

彼の前には入院着を着た男が二人いる。七十歳ほどの高齢の男と四十代の会社員と思《おぼ》しき男だ。二人とも外科手術をしたらしいが、詳しくは知らない。彼らは小さなテーブルを囲み、紙コップの飲み物を口にしている。

「毎日、見舞いに来てくれるなんて、溝口さんは慕われてるね」会社員らしき男が言う。

「この高田は、まだ半人前だけれど、俺の指導でずいぶんちゃんとしてきた、ってところでさ。な、高田」

「ええ、まあ」俺は渋々答える。指導なんていつしてくれた、と喉まで出かかる。

「でもよ、こいつの前に一緒に仕事をしていた奴がまた、ひどくてな。太田って言うんだが」溝口さんが言うと、二人の患者が嬉しそうに、うんうん、と首を伸ばしてくる。退屈な入院生活では、溝口さんの本当とも嘘《うそ》ともつかない話が魅力的なのだろう。

溝口さんはとうとうと、太田の過去の失敗談を話した。

ある時、太田は、長い番号を記憶しなくてはならない状況に遭遇した。何ケタもの数字を暗記するなど不可能であるし、筆記用具も持っていない上に、携帯電話も充電が切れていた。必死に鞄《かばん》の中を探し、唯一、使えそうであったのが、スティック型のスナック菓子、「うまい棒」であった。太田は、「これをどうにか使えるんじゃないか」と頭を絞る。はじめは地面に、菓子で字を描こうとしたができるわけがなく、次に、菓子くずを字の形に置こうと考えるが、置いたそばから鳩《はと》に食われるという「ヘンゼルとグレーテル」を地でいく状況になり、仕方がなく最終的には、スナック菓子に直接、爪で数字を刻みはじめたのだという。

「それは可笑《おか》しいな」患者二人は大口を開け、唾を飛ばして笑った。俺は呆《あき》れて、言葉も出ない。

その太田のような男がいること自体が信じがたいが、その信じがたい男と組み、仕事をしていた溝口さんも、俺には信じがたい。

ようするに、「本当に何も考えていない」のだろう。

思い付きで行動し、痛い目に遭う。

たとえば数年前、毒島さんの下請けをやめ、あろうことか、独立して仕事をはじめようとしたらしい。俺はその頃はまだ、毒島さんを知らなかったが、「命知らずにも程がある」とぞっとせずにはいられない。

毒島さんの裏をかこうとすることが、どれだけ危険なのか。俺だって分かる。いや誰だって分かる。

海に潜ってみれば、「これは危ないな」と身体で分かるように、毒島さんに歯向かうと危ない、ということは子供だって察することができるはずだ。

溝口さんだけが能天気だった。考えなしに、海にどんどん入っていき、あっぷあっぷとしはじめ、「まずいぞ、こりゃ死ぬぞ」と思った時は手遅れで、溺れるしかない。

その結果、当時、仕事を共にしていた岡田という男は、毒島さんの命令で始末された。

「どうして、溝口さんじゃなくて、そっちの岡田さんってほうが消されちゃったんですか」と以前、俺は、常務に訊《き》いたことがあった。

答えは簡単だった。

溝口さんが、全部、岡田という男のせいにしたのだ。「今回の独立劇は、岡田が企画したんです」と言い逃れ、責任転嫁をし、自分は逃れたが、岡田は見せしめのために消された。

毒島さんの手にかかれば、人ひとりが消されることなど難しくもない。

常務は言った。「まあ、溝口は動物と同じでな、自分のことしか考えてねえんだよ。まともに働いたことはねえし、他人から何かを奪って、生きてきた。岡田もそれでやられちまった」

「でも溝口さん、今はまた、毒島さんの仕事をやりはじめているんですよね。いけしゃあしゃあと、というか、節操がないというか、適当というか」俺は苦笑せざるをえなかった。「罪悪感とか、後ろめたさとかないんですかね」

「さすがに気が咎《とが》めたのか、溝口も少し前までは、岡田のことを捜していたみてえだけどな」

「捜すって、生きてるんですか？」

常務は肩をすくめた。「そんなわけねえだろ。ただ、どこかにいるんじゃねえかと、太田と一緒にあちこちで訊き回っている姿は」

「涙を誘いました？」

「いや、笑えた」常務が歯を見せた。「しまいには、岡田の子供の頃の同級生に思い出話まで訊きに行ってな。何でも、映画監督だかに取材したとかな」

「取材？　どういうことですか。できるんですか、そんなこと」

「どこからかまとまった金が入ったとか、検問で拾ったとか訳の分からないこと言ってたな、とにかくその金を使って記者だかライターにこっそり、入れ替わってもらったんだと」

「はあ」もはや何をしたいのか、目的を見失っているではないか。「ちょっと可哀想《かわいそう》なくらいですね」

「まあな。毒島さんを怒らせて、命があるだけでも溝口は幸運だよ」

毒島さんは気に入った相手にはことのほか優しいらしいが、腹を立てた人間に対してはとことん厳しく、残忍らしい。それを考えれば、溝口さんが今もぴんぴんとしているどころか、毒島さんの配下に戻っていることは、かなり奇跡的なことだと言える。

「高田、おまえ、赤坂のスイートルーム事件、知ってるか？」常務が言った。

「何ですかそれ。クレイグ・ライスの小説でしたっけ」

「はあ？　何だよそれ。あのな、十年くらい前に、毒島さんが赤坂のホテルのスイートルームに泊まってたのよ。女を何人も呼んで、まあ、上品とは言い難いパーティだな」

「ありそうですね」

「そうしたらそこに、銃を持った男が五人、飛び込んできた。毒島さんの命を奪うように命令された奴らだ。ホテルの奴もグルだった」

「その話は初耳です。どうなったんですか？」

「男たちはもう興奮状態でな、銃を振りまわして、毒島さんを囲んだ」

「部下はいなかったんですか」

「裸のパーティで、男は毒島さんだけだ。女は全員裸で、毒島さんもそうだ。万国共通で、『無防備』の見本みたいなもんだろうな」

女たちは悲鳴を上げて、スイートルームの隅に逃げた。毒島さんは、五人の男たちに銃を構えられ、ぐるりと囲まれたが、表情を変えることなく落ち着き払っていたという。前に立つ男たちの目をじっと見つめ、「おまえたちは何のために、これをやっているんだ」と訊ねた。

男たちは興奮を抑え、銃を必死に握るが、毒島さんの質問には答えなかった。

「俺はおまえたちの顔に見覚えはない。おまえたちも俺に恨みがあるわけではないんだろう。命令されただけじゃないのか」毒島さんは淡々と、部下の人生相談に乗るような喋《しゃべ》り方で、続けた。「命令された仕事はちゃんとやらなくてはいけないからな。しくじるな」

五人の男たちが引き金に指をかけたところで、毒島さんは、「タイミングを合わせろよ」とぼそりと言った。

何のことか、と五人が顔を見合わせる。毒島さんは当然のように、「俺をはじめに撃った奴が、もっともひどい目に遭う。俺が死んで、怒る人間がひどい目に遭わせる。だから全員が、同時に撃ったほうがいい。主犯をはっきりさせるな」と助言めいたことを口にする。「いいか、しくじるなよ」

そして男たちが歯を食いしばり、緊張に耐え切れなくなったところで、「ああ」と毒島さんは肩の力を抜いた。優しい表情になり、部屋の奥を見て、「ああ、あなたも来たんですか」と手を広げる。

裸の男の穏やかな物言いに、五人は全員、油断した。誰かがやってきたのだ、と思い、意識するより先に部屋の出入り口に顔を向けたのだ。

毒島さんは素早かった。その場にしゃがむと、足の裏に手をやる。「踵《かかと》にな、剃刀《かみそり》の刃みたいなのを貼ってあるんだよ。毒島さんは」常務は、映画のアクションシーンを語るように興奮気味に言った。「で、刃を手にするとしゃがんだまま、五人の手首を切った。一瞬だよ。まあ、二瞬、三瞬くらいか。その場で全員、血が止まらなくておしまいだ」

毒島さんの、そういった逸話はいくつもあった。溝口さんも、よく歯向かおうとしたものだ、と俺は感心すらしたくなる。

病院の喫茶スペースにおける溝口さんたちの会話は、すでに、太田の失敗談ではなくなっており、どういう経緯《いきさつ》なのか、おすすめのケーキ屋の情報交換になっている。

い年をした男三人が、甘い菓子について嬉々《きき》として語るのは、俺からすれば気色《きしょく》悪かった。

溝口さんに至っては、自分のスマートフォンを取り出し、いつも見ているネット上の「食べ歩き日記」を紹介している。ほらほら、このブログいいんだよ。更新頻度も高いし。

みなでスマートフォンの液晶画面を覗《のぞ》き込み、ケーキの素材や大きさについて意見交換をはじめる。「俺も、サキさんの意見を参考にして、いくつか行ってみたんだけど、外れはなかったぜ」と溝口さんが誇らしげに言う。

サキさんって誰だ？　どうやら、日記を書いている女の名前らしい。

どうせ、ケーキ好きの、太った中年女に決まってますよ、と俺は言いたくてたまらなかったが、その間にも、三人が、甘党女のブログについて、ああでもないこうでもない、コメントを書いてみようかどうしようか、サキさんはマメにコメントくれるんだよ、それは興奮しますね、とはしゃいでいる。

「溝口さん」と俺は呼びかけるが、話に夢中なのかなかなか振り返らないため、次第に声を大きくするほかない。

何だよううるせえな、と眉をひそめ、溝口さんが睨《にら》んできた。こっちは今忙しいんだよ、と。

「あ、この日記に映ってるガーベラも綺麗《きれい》だねえ」高齢の男が、スマートフォンを見ながら言った。その「食べ歩き日記」に、花の写真が載っていたのだろう。「オレンジのガーベラにはね、『冒険心』という花言葉があってね」

「さすが先生は、花言葉に詳しい」と溝口さんが大袈裟《おおげさ》に感心した。なぜ、「先生」なのかは分からないが、高齢の男は、溝口さんから「先生」と呼ばれていた。おおかた、昔、教師か教授だったのだろう。

「サキさんは、冒険心があるんですねえ」会社員男がうっとりした声を出す。

「それから、こっちの黄色いガーベラには、『親しみやすい』という花言葉があるんだがね」

「サキさんは親しみやすい女性なのかあ」と会社員男と溝口さんが盛り上がる。

「あの、ちなみに」俺は口を挟む。「花言葉は、占いやプロファイリングとは別ですからね」

載せている写真の花の花言葉が、「親しみやすい」であるからといって、その写真を撮った主が、親しみやすいかといえば、そうではないだろう。

「え、何ですか、そのプロファイリングって」会社員男が、俺を振り返る。

溝口さんは面倒臭そうに手を左右に振って、「この高田は、不良だったくせに、インテリなんだよ。本とか読んじゃうしな」と言った。

「本くらい、溝口さんも読むでしょう」

「俺は、『ゴルゴ13』なら全巻、読んでるぜ」

それは凄《すご》い、と会社員の男が感心しているが、俺は呆れる。

俺は溝口さんとは違い、今までの人生の大半は優等生として過ごしてきた。本も、娯楽小説からビジネス書までできる限り、読んだ。子供の頃から、できるだけ論理的、合理的な考え方を尊重してきたつもりだった。まともに働く大人は、愚かにしか思えず、だから毒島さんのもとで仕事をはじめた。

「いやあ、こういうケーキ屋さんを見てると、息子夫婦のことを思い出しちゃうなあ」高齢の先生さんが感慨深げに言った。

「え、先生の子供、ケーキ屋やってるのかよ。早く言ってくれよ。どこ?」溝口さんが身を乗り出す。

「いや、もうやってないんだけどね」花言葉博士の先生は少し、眼差《まなざ》しを遠くに向けた。

「あの、溝口さん、すみません」と俺はいよいよ焦《じ》れて、声を強くする。「さっき着信があったので、電話かけてきます」

「誰からだよ」「着信は着信です」

着信、といえば俺と溝口さんとの間では、「毒島さんのところから」という意味合いのはずだが、溝口さんは、「高田、電話ならここですればいいじゃねえか。このスペースは電話大丈夫だからよ」などと言ってくる。

他に人がいるところで、毒島さんに関連した話を電話でやり取りできると思っているのか。「聞かれたくないので、どこかで」と俺は頭を下げ、その場を後にした。

⁂

喫茶スペースの横にはナースステーションがあり、そこから左と右に通路が伸び、Y字型となっていた。見当があったわけではなく、端まで行けば、携帯電話の使いやすい場所があるのではないかと期待し、俺は右側の通路を奥へと進んだ。

途中で、背の低い看護師が前から歩いてきたため、怪しまれないようにそっとすれ違おうとした。俺や溝口さんのような人間は、まともな生業《なりわい》をしていないのが明白で、余計な警戒心を刺激することが多く、必要な時以外はこそこそしているくらいのほうが迷惑をかけないからだ。すると彼女が、「あ、あの溝口さんの付き添いの方ですよね」と声をかけてきた。

「付き添い、と言いますか、そうですね」急に自分が、溝口さんを介護する息子であるかのような気持ちになり、不快感を覚える。「どうもすみません」

「何で謝るんですか」看護師が笑う。

「いや、間違いなく、迷惑をかけていると思うので」

「まあそうですけどね」彼女は噴き出した。身長は俺よりずいぶん低いにもかかわらず、背筋が伸び、重心がしっかり取られている姿勢のせいか、頼もしい教師のようでもあった。「声が大きいし、柄が悪いですもんね。でも、溝口さん、そんなに迷惑でもないですよ。楽しいですし。美味《おい》しいケーキ屋とか教えてくれますし」「サキさんの『食べ歩き日記』の受け売りでしょう」「それに溝口さん、優しいですよね」「優しい？　いや、優しくはないですよ」

「だって、この間、うちの若い子が、溝口さんのデジカメ落としちゃったんですよ。手で叩《たた》いたら、ごつん、って」

おそらく、看護師姿に欲情した溝口さんが、看護師の写真を撮ろうとカメラを構えたのではないか。看護師が嫌がり、手で払ったら、たまたまぶつかった、とそんなところだろう。

「で、もちろん壊しちゃったからには弁償しないと、っていう話になったんだけれど、溝口さん、いいからいいから、とか言って、許してくれて。このカメラ、もとから壊れていたようなもんだから、って」

「ああ」と俺は顔をしかめる。

それは優しさではない。

その看護師に貸しを作ることで、何かに利用できると企《たくら》んだのだ。

俺や溝口さんのような者が、世間に何を教えているのか。

「ただより高いものはない」それだ。俺たちはいつも、自らの行動によって、その教えを広めているようなものだ。

相手の罪の意識や恩に感じる思いを梃子《てこ》にして、ぐいっと厄介事を迫るわけだ。だから、その看護師もいずれ、弁償したほうがマシだった、と後悔する時が来るかもしれない。溝口さんに利用されてから、「あの時、カメラを弁償していれば、こんな面倒なことにならずに済んだのに」と泣きたくなるはずだ。

俺はもちろん、そのことは口にしない。この世は、騙《だま》し合いやルール無用の競争で成り立っている。成人した人間であれば、自分の言動に気を配り、足元をすくわれないようにしなくてはならない。

看護師が通り過ぎると、俺は通路の端まで行く。階段があったため、そこの踊り場で電話を使った。着信履歴に残っていた番号にかけ直す。

出たのは、毒島さんのところの、常務だった。「折り返すのが遅い」と冷たい言い方をされる。

「すみません」俺は電話越しであるにもかかわらず、頭を下げていた。「溝口さんの病室にいたので、すぐに出ることもできなくて」

「おまえ、溝口の下について、どれくらいだ」

「一年です」別に、あの男の下に位置しているとは思わない、と言いたかった。

「溝口の影響を受けて、もともとの立場、忘れてたりしねえよな」

「そりゃそうですよ。というか、溝口さんに影響を受けたことなんて、今まで一個もないです」

「あのな、人間、悪い影響ってのは、簡単に受けちまうものなんだよ」

俺が溝口さんと一緒に働いているのは、毒島さんから命じられたからに過ぎない。

一年前、溝口さんは、太田の後釜を探していた。

そこで毒島さんが俺に、「溝口のパートナーになれ」と命じたのだ。

もちろん、溝口さんが知らないところでの話だ。

最初はてっきり、溝口さんが再び裏切ることがないか、俺をスパイがわりにし、調べようとしているのかと思ったが、毒島さん曰《いわ》く、「溝口は使いようによっては使える。ただ、変な奴が一緒だと、まったく駄目だ。おまえを派遣するから、それなりにうまく機能させろ」とのことだった。

つまり、下請けの工場を維持するために、駄目な工場長をコントロールする男を、工員として潜入させる、というわけなのだろう。それなら俺を工場長にすればいい、と思わないでもなかったが、溝口さんがそれでは納得しない。

「でな」電話の向こうの常務が言う。少し声が引き締まる。

「何かあったんですか」

「一昨日《おととい》、毒島さんが狙われた」

「え？」

「毒島さんのマンションがあるだろ」

「はい」と俺は言うが、正直、毒島さんのマンションのことなど知らない。自宅なのか、オーナーなのか、それとも女が住んでいるマンションなのか。一昨日、俺はいったい何をしていたか、と考えてしまう。時間帯は？

「毒島さんの部屋に向かって、発砲があった。音は響いたが、周りの住人を黙らせたから警察沙汰にはなっていないんだけどな。まあ、普通だったら、子供騙しの威嚇《いかく》だと考えるが、少し前から胡散臭《うさんくさ》い脅迫状も来てたんだよ」

「脅迫状？」

「そうだ。毒島さんへの恨みつらみが書かれて、マンションの見取り図まで入っていた」

「毒島さんは無事だったんですか」

「いなかったからなあ」

「どこにいたんですか」

「おまえのところだよ」

「はあ？」まるで、女が俺の部屋に転がり込んで、一緒に暮らしているかのような言い方をされ、俺は戸惑う。

「少し前から、毒島さんは、おまえが今いる、その病院に入院してるんだよ」

慌てて、周囲を見渡した。通路を挟み、並んでいる病室のどこかに毒島さんがいるのか、と思うと焦らずにはいられない。毒島さんに聞かれて困るような陰口は叩いていなかっただろうな、と自分の言動を急に思い返したくなる。

俺の動揺を見透かしたように、電話の向こうから、「上だよ。上」と声が続く。「一番上の、立派な個室だっての。ＶＩＰルームみてえなもんだな。俺もそこにいるんだよ。そこから電話をかけている」

「毒島さん、体悪いんですか」

「年の割には健康体だ。ただ、人間ドックで見つかったポリープだとか、そういうのを片端からやっつけてんだよ。内視鏡で、胃とか腸とかのな。どれも良性だし、早期発見ってやつだ。普通ならすぐ退院させられるところを、ちょっと院長に言って、休暇気分で入院を長期にしてもらってんだ」

「休暇と言っても、美味い食事が出てくるわけでもないですし、さっさと退院したほうがいいんじゃないですか」

「食事も特別扱いだ。部屋に、リフトっていうのか？　小さいエレベーターみたいなのがあってな。調理室から直接、送られてくるわけだ。ＳＦの部屋みてえだぜ」

「ＳＦの部屋ってよく分からないですけど」

いったい病院を何だと思ってんだ、と俺は思った。昔、まだ小学生の頃に、俺の親父《おやじ》が癌《がん》が見つかったにもかかわらず、病室がなかなか空かないという理由で、手術が延び延びになり、結局、亡くなったことを思い出す。医師は、もともと手遅れだったのだ、と説明したが、俺は納得がいかなかった。あの時も、毒島さんのようにどこかの誰かが、長期休暇よろしく入院生活を楽しんでいたのではないか。思えば、あの医者のエリート臭さが気に入らず、だから俺は法律から外れた裏道に興味を抱くようになったのだ。

一方で、溝口さんがこの病院に運ばれた理由も分かった。ようするに、ここの病院の院長は、毒島さんと親しいのだろう。他の病院に比べれば、ある程度の融通は利かせてくれるのかもしれない。

「まあ、そのおかげで、発砲されても毒島さんは不在で、セーフだったたってわけだ」

「撃った奴は、毒島さんが入院してるとは思わなかったんですね」

「で、実は、発砲してきた奴の車を目撃した人間がいてな」

「はい」

「白の」常務はそこで、高級車に分類される車種名を口にする。

「あ」俺もさすがに分かった。その車種であれば、記憶に新しい。

「そうなんだよ。溝口が骨を折った時、おまえたちが当たり屋をやった相手、確か同じ車種だっただろ。それ、思い出したんだよ」

「あ、あの車、運転手が銃を持っていました」俺は興奮を隠せない。「トランクに入ったバッグにも、銃がいくつも」

「おまえからその話を聞いた時は、つまんねえ冗談だなと聞き流してたんだけどな。もしかすると実話かもしれねえな」

「そりゃあ、実話に決まってますよ」俺は高い声を出す。「あの時のあの男が、毒島さんを狙っている奴だった、ってことですか?」

「この日本で、銃を持った男がそう、ごろごろしているとは思えねえしな。たまたま二人の男が銃を持っていて、偶然、同じ車種に乗ってるなんて、考えにくい」

「ヒットマン減税の対象車種とかじゃなければ」

常務が少し黙る。「おまえ、それ本気で」「冗談です」「おまえもずいぶん」「溝口さんの悪影響です」と俺は、相手にすべて言われる前にきっぱりと遮断する勢いで言い切る。

「それでな、高田、ここでおまえたちの出番なんだよ」常務の声が引き締まるのが分かる。

「何ですか」俺は背筋を伸ばした。

「その運転手の顔、おまえと溝口は見てる。そうだろ？　おまえたちは大事な証人ってわけだ」


大変ですよ、溝口さん。

大部屋の病室に顔を出すと、溝口さんがベッドに戻っていた。

「高田、何だよ、俺のほうも大変なことを知っちまったぞ」松葉杖を置き、ベッドに腰を下ろしている状態の溝口さんは、喋りながらゆっくりと背中をつけ、寝はじめている。

「それって、あいつのことですか」

「あいつ？」

「いえ、今、毒島さんのところから電話があったんですけどね」俺は仕切りのカーテンを閉めた後で、ベッド脇の丸椅子に腰を下ろし、周囲を気にして声を落とす。それから電話で聞いたばかりの話を伝えた。

はあん、ふうん、と興味なさそうに聞いていた溝口さんも、毒島さんのマンションに銃弾が撃ち込まれたこと、毒島さんがこの病院にいることを伝えた時にはさすがに顔が引《ひ》き攣《つ》った。さらには、その犯人と思しき男に、俺たちが会っている、という件《くだり》になると、「そいつはすげえな」と興奮の色を浮かべた。「俺たちに車をぶつけて、俺の脚をこうした、あのふざけた野郎か」

車をわざとぶつけさせたのは溝口さん自身であるし、脚を轢いてしまったのも別の車だったが、俺は指摘しなかった。

ちゃらん、と音がした。俺の携帯電話にメール着信があったのだ。素早く目を落とせば、また焼き肉店からの宣伝メールで、俺はげんなりする。

「で」と俺は言う。「ようするにそいつの顔を知っているのは、俺と溝口さんだけ、ってことなんですよ」

「なるほど」溝口さんは腕を組み、重々しくうなずいた。「それで何だってんだ？」

「俺たちの出番なんですよ」「どういう出番だよ」「ほら、毒島さんを狙っている男の顔が分かれば、みんな警戒もできますし、対応も楽になりますから」

「単独犯かどうかも分からねえけどな」

「ええ。ただ、情報はあるに越したことがないです」

「でも、どうすんだよ。おまえ、あの時の、あの生意気そうな男の顔、覚えてんのか？似顔絵、描けるのかよ」

「そうじゃなくて、ほら、あの時、俺、写真撮ったじゃないですか」相手が出してきた免許証を、あとで脅すための保険がわりにデジタルカメラで撮影した。いつもの段取りに過ぎなかったが、ここでそれが活《い》きてくる。

銃を使うほどの男であれば、免許証も偽造の可能性が高いが、顔写真は嘘ではない。偽造免許証において、唯一、本当のものがあるとすれば、それは顔写真だ、とさえ言える。

「溝口さん、あのデジカメ、どこですか」

溝口さんがそこで、妙な表情になった。宿題を忘れた子供が、まずい、と緊張するような面持ちで、怯《おび》えが浮かんでいる。「デジカメは、そこだ」と壁側の荷物が置かれている棚を指差す。

「あ」ようやく、俺も思い出した。先ほど、看護師の話に出たではないか。落胆に襲われる。「壊れたんでしたっけ」

「そうなんだよ」溝口さんは鼻の穴を膨らませ、怒り口調になった。「看護師が落としちまったんだ。俺のせいじゃねえぞ。ただ、もう、電源も入らねえし、撮影もできねえし」

カメラを手に取る。見た目はさほど傷ついていないようだったが、確かに、ボタンを押しても、まるで作動しない。電池が入っていないわけでもなく、よく見ると、レンズ近くが歪《ゆが》んでいた。写真が記録されているカードを取り出そうとしたが、見当たらない。

「データが保存されているカードはどこですか」「濡れちまったからな。捨てた」「濡れた？」「洗面所だったんだよ。で、看護師が落とした時に、蛇口の下に、ばしゃっと」

「そんなこと言ってなかったですよ」看護師は床に落としたかのような言い方だった。

「言いたくなかったんだろ」溝口さんは不貞腐《ふてくさ》れている。「看護師がいけねえんだよ」

看護師の前では、「もとから壊れていたようなもの」と許したらしいが、都合が悪いと、責任をなすりつけるのだから、やはり、いい加減だ。溝口さんとはそういう男なのだ。

「どうしましょうか。俺、常務に電話で、写真があります、とか言っちゃったんですけど」

「やっぱりなかったです、と正直に言えばいいだろうが」

「怒られますよ」

「写真はねえけど、俺たちの頭にはばっちり、犯人の顔が記憶されているから大丈夫です、とか言っておけ」溝口さんは乱暴に言う。「どうしようもないだろうが」

「どうしようもないのは事実ですが」

「いいか、今、犯人の情報を握っているのは俺とおまえだけなんだ。ってことは、それなりに重宝がられるってもんだ。少なくとも、邪険にはされない」

「まあ、そうですね」

「そういうのが大事なんだよ。こういう業界で生きていくには」

はあ、と俺は力なく、うなだれた。だが確かに、俺たちは情報を持っている分、立場は悪くないはずだ。

「あ、そういえば、溝口さんが知った、大変なことってのは何だったんですか」俺は最初のやり取りを思い出した。

「ああ、それな。いや、さっき先生に教えてもらったんだけどな。おまえ、『とんでもハップン』って言葉知ってるだろ」

「知らないですよ。何なんですかそれ。発奮する、ってことですか」

「何だよ、これも死語なのか？　ようするに、『とんでもないですよ』という時に、『とんでもはっぷん』とか答えるんだよ」

「その、はっぷんの部分は何なんですか」

「だろ？」溝口さんが勢い良く言い、体を起こしかける。足にひねりが加わってしまったのか、痛そうに顔を歪めた。「俺もそれがずっと分かんなかったんだけどな、もともとは、『never happen』って英語からきてるんだと」

「溝口さん、英語、分かるんですね」俺は驚きをそのまま口にしてしまったが、彼は気にかけない。「戦後、アメリカの兵隊が日本に来て、『もう二度と起きない』とか言いたかったのかもな。で、『never happen』を中途半端に日本語にしたら、『とんでもハップン』になっちまったらしい」

「はあ」大方、ネットで検索すれば分かるだろうから、あとで暇があれば調べておこう、と俺は聞き流す。「それがどうかしたんですか」

「面白いだろうが。『never happen』が、とんでもハップンなんてな。そんなの知らないで、俺たちは、『飛んでも八分、歩いて十分』とか言ってたわけだ」

「何ですかそれ」俺が言うと、溝口さんはさらにショックを受けた表情になり、ようするに、自分のよく知る言葉が下の世代に通用しない驚きを嚙《か》み締めているのだろうが、俺からすれば、そういった年配者の反応自体が、鬱陶《うっとう》しくて仕方がない。

「とんでもない、とか謝る時に、『とんでも八分、歩いて十分』って言っただろ」

「言わないですよ」

「流行《はや》ったんだってての。韻を踏んでるわけよ」

韻を踏むというよりも、無理矢理くっつけた言葉でしかない。「でも、あんまり変わらないんですね」

「変わらないって何がだ、高田」

「だって、飛んでも八分で、歩いて十分だとしたら、二分しか違わないですよ。近場ってことですかね」

「おまえなあ、どうでもいいだろうが、そんなのは」

「やっぱり、飛行機乗る時って、搭乗手続きとか荷物検査とかいろいろ時間かかるじゃないですか。そういうことですかね」

「別にそんな深い意味はねえよ。八分も十分も」溝口さんは自分が言い出したにもかかわらず、面倒臭そうになっている。「あ、ただよ、おまえだったら、飛ばねえのか」

俺は眉をひそめる。「何のことですか」

「飛んでも八分、歩いて十分、二分しか違わないってなったら、飛ばねえのか？」

「何の話なんですか」

「俺なら飛ぶぜ。だっておまえ、飛びたいじゃねえか」

「足の骨、折ってるからですか」と俺はわざと的外れなことを言ってみる。

「関係ねえよ、それは」

それからおもむろに、スマートフォンを取り出すと、また、焼き菓子やらケーキやらの紹介されているページを眺めている。仕切りのカーテンも開けた。俺は呆れながらも、「昔から、好きだったんですか」と訊ねた。「甘党だったんですか」と。

「そうでもなかったんだけどな。やっぱり、人間、ストレスが溜《た》まると、甘いものが恋しくなるんだろうな」

溝口さんにもストレスなんてあるんですか、と俺は言いたくなるが、堪《こら》える。「そういうもんですかね」

「毒島さんもそうだぜ」

「え?」

「意外に甘党なんだよ。このサキさんの『食べ歩き日記』、教えてくれたのも毒島さんだからな」

毒島さんと溝口さんとの間で、そのような会話が交わされているとは、微笑《ほほえ》ましいのか、不気味なのか。

ただ知ってはならぬ秘密を知ったかのような気分になり、その時にちょうど部屋の入り口に人影が見えたため、俺は驚いた。

フルフェイスのヘルメットを抱えた男が立っており、不審者! と俺は身構えたが、すぐに溝口さんが、「ああ、先生なら自販機のところだよ」と親指で示した。

どうやら、同じ大部屋に入院している先生さんの、見舞いに来たらしい。

気さくに話しかけた溝口さんを、男は無表情にじっと見た。警戒しているのか。目つきが鋭い。

「先生を捜してんだろ。今、喫茶スペースだって」

溝口さんがそう続けると、男は会釈をした。窓際の、先生さんのベッドまで歩いていくとフルフェイスのヘルメットを置いた。おそらく、原付バイクの鍵なのだろう、それもヘルメットの中に入れた。

男が去った後で溝口さんが、「今の見舞い客、毎日、この時間になると来るんだよ。律儀だろ」と言った。

「いや、俺だって毎日、来てますけど」と言うが、無視される。「先生さんの息子ですかね」

「いや、そうでもないらしいんだよ。何かよ、この間の話によると、先生の息子夫婦ってのがケーキ屋をやっていたようなんだけどな」

「ああ、さっき、言ってましたね」

「今はもう、亡くなってるんだと」

予想もしていなかった言葉に俺は少し驚いたが、世の中にはそういったこともあるだろう、とも思った。「事故とかですか？」

「あんまり詳しくは聞かなかったけどな、店がうまく行かなかったとか言ってたからなあ」

「借金苦で、夫婦で自殺、とかですかね」

「どこか胡散臭いところから融資を受けたみてえなんだよな。で、あの原付の若者が、先生の面倒を見てるらしい。遠い親戚とかじゃねえか」

「あの男も花言葉には詳しいんですかね」

＊

翌日、病院に向かう途中で、毒島さんのところにいる常務から電話がかかってきた。何事かと思えば、「脅しの手紙がまた届いた」と言う。「どうやら、今週中にもまた、何かやるつもりらしい。念のため、警備も増やしたいんだが、いかんせん、病院の中だからな、これ以上は無理だ」

「まあ、そうですよね」いっそのこと退院したほうがいいのではないか、と俺は思う。が、確かに病院は病院で、敵も手出ししにくい部分もあるだろう。

「で、おまえたちも何かあったら、毒島さんのもとに駆け付けられるような心構えでいろ。毒島さんのいる七階まで来るルートを確認しておくんだ。エレベーターと階段、どちらでも来られるように」

はい、はい、と俺は返事をし、「一応、今からそちらに行きます」と伝えた。

むしろ俺としては、溝口さんの付き添いではなく、毒島さんを守るための要員でいたかった。あの情けない溝口さんの指示をへいこら聞いているのも、毒島さんの命令だからに過ぎない。

平日の面会時間は午後の三時からと決まっていた。一階の面会受付で氏名を記入し、はじめは面会謝絶だと断られたが、常務に電話をかけ、面倒なやり取りの後でやっとバッジをもらうとエレベーターで上に向かった。どうせ溝口さんは他の患者と雑談に花を咲かせているだろう。

七階で降りると、ＶＩＰの入院する個室の階、という先入観のせいか、床のリノリウムの色合いや感触にも高級な趣が滲《にじ》んでいるように感じた。エレベーターホールから通路に出る。角のところに背広を着た男が立っており、俺はびくっと反応してしまう。背が高く細身のその男は、殺気というほどではないものの、あからさまな警戒心を漂わせている。

みっともなく怯《ひる》んだ俺の顔に気づいたその男は、「何だ、高田か」と言った。

「すみません、毒島さんのお見舞いに」俺は言う。

相手が背中に回した手を戻さないことに、俺は緊張する。銃か、それに準ずる何らかの武器を、いつでも出せるような姿勢だった。俺がその手に視線をやっていることを察したのか、背広の男は、「顔見知りとはいえ、安心できない。そうだろ」と首を傾ける。冗談口調ではあるが、目は真剣そのものだ。

「ええ、もちろんです」俺は言い、両手を上にした。男が近づき、服に触れてくる。

「ここはまだ、ばれていないんですよね？　ナースステーションに誰もいないんですか？」

「邪魔くさいと毒島さんが追い払ったんだ。そのほうが自由にチェックできる部分はある」男は言い、体を起こす。「よし、行っていいぞ。通路の端だ」と言って、俺の尻を叩いた。

病室の入り口でもボディチェックをされた。顔は知っているが、名前は知らぬ男が立っており、ロボットさながらの無表情で、俺の持ち物を調べる。豹《ひょう》に似た顔つきでもあり、豹ロボット、と俺は内心で命名する。豹ロボットはこちらのバッグを入り口近くの棚に移動し、俺の尻ポケットの財布についても取り上げた。ずいぶん徹底している。

病室は広かった。

階下の、溝口さんのいる大部屋と比べれば、まるで違う。応接セットめいたものが置かれているにもかかわらず、空間に余裕がある。ベッドも幅広で、これで壁に絵画でも飾ってあれば、ホテルのようなものだな、と思ったが、横を見れば本当に額に入った絵が掛けられていた。クローゼットもある。

ベッドに寝ている毒島さんは、入院着を着て、リラックスした様子で、口は笑っているが、こちらを呑み込むように見開かれた瞳の力強さは尋常ではない。

俺は挨拶をした後で、「同じ病院に入院しているとは知らなくて、お見舞いが遅れて申し訳ないです」と正直に頭を下げた。

「知らないのは仕方ないだろうが」毒島さんは機嫌がいいのか、快活に言ってくれた。

「むしろ、おまえに俺の居場所がばれてたら、そのほうが問題だ」

すみません、と俺はまた頭を下げる。

「ほら、高田、これがそれだ」窓際からの声に、そこに人がいることに気づき、俺はぎょっとする。常務だった。長身で肩幅が広く、頬のこけた二枚目で、昔はどこかの雑誌でモデルをやっていたという噂もあるが、俺からすれば、人情を持たない恐ろしい上司でしかない。

常務が差し出したのは、封筒だった。

俺が手で触っていいものかどうか、とためらっていると常務は、「指紋とか気にしてるんじゃねえよ。警察が捜査するわけでもあるまいし」とぐいと突き出す。

中には紙が一枚入っている。ワープロ打ちで、「毒島はこれ以上、歳は取らない」という一文があるだけだ。それだけでは寂しいから、というわけでもあるまいが、紙の右下に小さなシールが貼られている。「何ですかこれは」

「葉っぱのシールだろ。悪ふざけだろうが、他に意味があるのかも分かんねえな」

「緑の葉っぱですか」緑の小さな葉は、ただの草にも野菜の先にも見える。

「四葉のクローバーってわけでもねえしな」常務は笑うが、俺にはそのシールが不気味に思えた。

「どう思う」常務が言ってくる。

俺が意見を口にする立場なのかどうか悩むが、とりあえず、「いや、脅迫状にこういう子供っぽいシールってのは、あの時、俺たちの車にぶつかった運転手の雰囲気と近い気はします」と答えた。

「どういう意味だよ」

「あの男、最初は、俺たちに、ぺこぺこ謝っていたのに、その後で、銃を向けてきたりして、子供みたいな感じと物騒なのがまざっていたので」

「なるほどな。脅迫状とシールって組み合わせが相応《ふさわ》しいってわけか」

「俺の誕生日が二日後だ」ベッドの毒島さんが言った。

「おめでとうございます」俺が即座に振り返り、頭を下げると、毒島さんが苦笑まじりに、「そういう意味じゃなくてな、その紙切れのことだ。俺がもう歳を取らないってことは、誕生日前には俺を狙うってことだ。そうだろ」と言う。

そうですね、と答えるのもためらわれ、俺は口をつぐむ。何を喋るべきか分からない時には、黙っているのが一番なのだ。

「で、高田、写真を持ってきたか」常務が言ってきた。

「あ」

「あ、じゃねえよ」「実はそれが」「実はそれが、じゃねえよ」「それが申し訳ないです」「それが申し訳ないです、じゃねえよ」「カメラが」「カメラが？」「壊れてしまいまして」俺は正直に話す。

常務の体に、怒りのスイッチが入ったのが分かる。音がするわけでも、ランプが点くわけでもないのだが、明らかに顔つきが引き締まり、のしのしと俺に向かって近づいてきた。

「おまえ、何考えてんだ。どれだけ重要なことか分かってんのか」

俺は反論できない。当たり前だ。言い訳のしようがない。すみません、とはっきりとした声で謝るほかない。

「おまえの頭を割って、記憶を取り出してもいいんだぞ」常務は俺の襟首をぐいぐいと引っ張った。

俺はまた謝る。内心では、溝口さんも一緒に怒られるべきではないか、と思うところもあった。

そこで、二つの音が鳴った。一つは、ちゃらん、という俺の携帯電話の着信音だ。常務が怒っている最中に確認することはできないが、また焼き肉屋からのメールかもしれない。

もう一つの音は、病室の隅から聞こえた。何かと思うが、すぐに分かった。話に聞いた配膳用の小型エレベーターだ。到着を知らせる短く軽やかな音がする。

「あ、呼んできますか？」俺は、食事の支度ならば素人がやってはまずいだろうから、看護師が必要かと思い、病室から飛び出そうとしたが、すぐに、「ああ、いらないいらない」と毒島さんに言われる。同時に低いモーター音のようなものがした。見れば、毒島さんのベッドの頭のほうが上がってきている。

　配膳エレベーターの前に、豹ロボットの男がいつの間にか移動していた。中身をトレーに載せ、ドアを閉めると、毒島さんのベッドに近づいた。簡易型のテーブルの前で、毒島さんは嬉しそうに、「これは美味しそうだな」と顔を綻ばせている。

　失礼します、と豹ロボットが言い、ケーキにフォークを刺した。毒島さんの食べ物にいったい何てことを、と俺は慄《おのの》いたが、ようするに毒味なのだ、と気づく。ケーキの生地を突いた上で、口にし、「どうぞ」と毒島さんに言った。

「何で先に、部下に食われないといけないのか」毒島さんは苦笑した。

「溝口さん、いつもインターネットで『食べ歩き日記』を読んでいます」俺はふと言っている。

「ああ、あれは俺が教えたんだ」毒島さんはフォークをつかみながら、淡々と答えた。

疑っていたわけではなかったが、本当にそうだったのだな、と俺は感心する。

「何か問題があるか？」

「いえ、とんでも」とんでも八分、と反射的に言いそうになる。「ありません」

「俺も昔は、副業で、洋菓子店を大きく展開しようと思ったこともあったんだけどな。あちこちの小さな店を買い取って。融資もしてやったし」

「なるほど」

「でもまあ、いろいろあって、結局頓挫《とんざ》した」

毒島さんの口にする、「いろいろあって」の、「いろいろ」には、物騒で不穏な騒動が詰まっているようにしか聞こえない。

「おい、高田」と直立不動の常務が、俺に顔を向けた。「おまえ、とりあえず、その犯人の顔を忘れるんじゃねえぞ。そいつに似た男を見かけたらすぐに連絡しろ」

はい、と俺は返事をする。まずいな、これで毒島さんの身に何かあったら、俺が責任を負わせられる予感がする。大きな問題の戦犯捜しが起きれば、おそらく俺たちは恰好の餌食《えじき》になるのではないか。

⁂

暗い気持ちで大部屋に行けば、何も知らない溝口さんが、ベテラン看護師と愉快気に喋り合っているため、ぐったりとしてしまう。デジタルカメラが壊れたのは、溝口さんが思う以上に、俺たちには痛恨の出来事でしたよ、とぶつけたかった。

俺の姿に気づくと看護師が、「じゃあまた来ますね」とそそくさと立ち去っていく。

これでは俺が邪魔者のようだ。

「いやあ、高田、看護師はすげえな」溝口さんは横になったまま、言う。

「すごいって何がですか」「愚痴だ」「愚痴ですか」「いや、愚痴が悪いとかそういうんじゃなくてな、それだけ大変だってことだ」

そりゃそうでしょうね、と俺は応える。肉体労働ではあるだろうし、患者の健康や命に直結する仕事をしなければならないのだから、神経が休まることもないはずで、さらには、人間関係のストレスもあるに違いない。

「だろ。仕事のわりに高給取りってわけでもない」

「でしょうね」

「なのに、なんで看護師になろうと思うのか、不思議じゃねえか？」

「何なんでしょうね」俺は分かりやすいほどに、興味がなさそうな喋り方をしたが、溝口さんは気づかない。

「でな、訊いてみたんだよ。お姉ちゃんたちが来るたびに愚痴を聞いてやって、何でわざわざ看護師になろうと思ったのか、ってな」

「ちょっとしたインタビュアじゃないですか」

「まあな。昔、岡田が、人の話を聞くといろいろ分かりますよ、と言っていたのを思い出してな」

「岡田さんですか」溝口さんは、岡田さんの話をする時、決まって、泣きべそをかく子供のような顔つきになる。自分が生き延びるために岡田さんを生贄《いけにえ》に差し出した罪悪感で苦しいのだろうが、それ以上に、溝口さんは岡田さんと仕事をしていた時のことが、やけに楽しい思い出として残っているようだった。

「岡田はよく、どうでもいい他人のトラブルに首を突っ込んだりもしてな。俺は、どうしてそんな面倒なことをわざわざ、なんて思ってたけど、まあ、大事だな。他人とのやり取りっつうのは」

「で、看護師がどうしたんですか」

「ああ、そうだった。あのな、お姉ちゃんたちのほとんどが、『自分が子供の頃、入院した時のナースに良くしてもらったから』って言いやがった。すごいと思わねえか？」

「すごいとは思いませんし、模範回答集でも病院に用意されてるのかもしれませんよ」

「自分たちの頑張ってる姿で、後継者を引っ張ってきてる仕事なんて、そんなにねえぞ」

「そうですかねえ。日本代表を見て、サッカーはじめるのと同じじゃ」

「サッカー選手はヒーローじゃねえか。看護師は無名だぞ。無名の、大して高給でもない、見るからに大変そうな仕事を、どうしてやろうと思ったか。『自分が助けてもらったから、自分もそうなろうと思いました』なんてな、感動的じゃねえか」

「そうですかねえ」

「あんまりねえよ、そういう業種は。医者になりたい奴とはまた違うだろうな」

それはそれで医者に対する偏見ではないか、と俺は思う。

「まあ、世の中で儲《もう》けてる奴ほど、ふんぞり返ってパソコン見てるだけだったりするしな、仕事の価値と報酬はイコールじゃねえとは分かっていたけどよ、やっぱり不公平には思うじゃねえか。で、それなら、看護師の給料を高くしてやったらどうか、って考えてみたわけよ。命を預かる仕事だし、不規則で、技術も必要だろうし、一流企業の会社員並みの高給にしたらどうなるんだ、ってな」

「医療制度が崩壊しますよ」

「そういう難しいことは抜きにして、だ。だけどな、考えてみると、それはそれで駄目なわけよ。なぜかっつうと、ステイタス目当てで、ろくでもない奴ばっかりが看護師になろうとするわけだ。だろ。国会議員みたいな奴らがこぞって、看護師になるわけよ」

「国会議員に対する偏見ですよ」

「ほら、採決をするように、採血するわけだ」溝口さんは渾身《こんしん》の駄洒落《だじやれ》を口にした高揚のせいか、鼻を膨らませ、笑う。

「傑作ですね」と俺は棒読みする。

「でもまあ、俺とかおまえの仕事を見てな、『ああ、わたしもあの仕事をしたいな』なんて、思う奴がいると思うか？」

「誰かを脅したり、荷物を運んだり、まあ、魅力的には思えませんから、ああはなりたくないな、とは考えるでしょうがね」

「だろ」

「後継者を作りたいんですか」

「そうじゃねえけどよ」

それから俺は、先ほど毒島さんの病室で、「デジタルカメラのことで怒られた」と報告した。溝口さんの危機感を煽るために、「常務は激怒し、毒島さんはかんかんだった」と伝えたのだが、すると溝口さんはいとも容易《たやす》く、危機感を煽られ、「おい、まずいな」と青褪《あおざ》めた。ちょっと今から行こう、と言う。

「行く？　どこにですか」

「毒島さんのところに決まってるだろ。おまえ、毒島さん怒らせると、どれだけ怖いか分かってんのか？　今のうちに、謝っておいたほうがいいんだ」溝口さんは体をずらし、傍にある松葉杖に手を伸ばす。

杖で行けば同情も買えるしな、と溝口さんは笑う。「むしろ、頑張って七階まで行った俺に感動するかもしれねえな。『いざ、鎌倉』ならぬ、『いざ、毒島』です、と言っちゃうか」

⁂

溝口さんは松葉杖での歩行に慣れており、ひょいひょいエレベーターで移動する。そのせいか、毒島さんに同情されることも感動されることもなかった。

何しに来たんだよ、と常務に凄まれ、「いえ、いざ毒島」と溝口さんが怯えながらぼそぼそ話すと、意味の分からないことを言ってんじゃねえよ、と怒られた。そりゃそうだろう、と俺も思ったが、溝口さんと一緒に叱られる羽目になる。

溝口さんはそれでも、デジタルカメラが壊れたことについて謝り、もちろん、看護師のせいだ、と責任逃れをするのは忘れなかったが、その後で、「俺と高田で、もし院内に怪しい男を見つけた場合には、即座に連絡しますから」と高らかに言った。「朝練がんばります」と宣言する高校野球部員のようだ。

「でも部屋の前であんなにベタベタ触ってきて、あのロボットみたいなやつ、ゲイとかじゃねえのか」部屋に戻るエレベーターの中で、溝口さんは舌打ちをした。

「ボディチェックしてるだけですよ。武器とか持っていたら、まずいじゃないですか」

「身内まで疑ってどうすんだよ」溝口さんがげんなりした言い方をする。その身内の溝口さんも、昔は毒島さんを裏切ろうとしたんですよね、と俺は言いたい。

三階に到着し、病室へ歩いていくと、通路の奥から、地味なつなぎの服を着た中年の女が近づいてきた。カートのようなものに、ポリバケツや清掃用具が載っている。清掃の係なのだろう。

「あ、ミッゾーさん、いてくれてよかった」と清掃のおばさんが心底ほっとした表情を浮かべた。

ミッゾーさんとはずいぶん馴《な》れ馴《な》れしい呼び名で、俺は呆れる。看護師や入院患者だけでなく、清掃のおばさんとも親しいとは。

「おお、どうしたどうした」と溝口さんは乱暴な担任教師のように応じた。「病室のくず入れで、金でも拾ったか」

女は明らかに、俺をちらちらと見る。ようするに、邪魔、ということなのだろう。俺は自分で言うのも何だが、気が利くため、「ちょっと自動販売機で何か買ってきます」とその場を後にした。

欲しくもない烏龍茶《ウーロン》を購入し、ふらふらと戻っていくと、「おい、高田、行くぞ」と溝口さんがおっかない顔を近づけてきた。

「どこにですか」

「あいつが来たんだと」

俺は一瞬、何のことか分からない。が、溝口さんの品のない険しい顔と、その横の清掃のおばさんを見て、「毒島さんを狙っている男のことか」と察した。溝口さんも、俺が察したことを察したようで、うなずいた。「早く行くぞ。逃げられねえうちにな」と言うと、松葉杖を使いながらリズミカルにエレベーターホールへと向かう。

俺も慌てて、ついていく。

「どうしてこの病院が分かったんですか」俺は訊ねた。「どうして、あの掃除のおばさんが、あの男のこと知ってるんですか」

エレベーターが到着し、飛び乗る。かなり混んでおり苛立つが、溝口さんが松葉杖をついているからか空間を広く空けてくれるため、申し訳なさも感じる。エレベーターでは誰もが階数表示を見上げ黙ったままでしんとしており、俺も質問の続きができなかったが、溝口さんははなから、応えるつもりはなかったのかもしれない。

一階に到着したところで溝口さんは、たったかたったか、勢い良く、裏側の出入り口に向かっていく。

「どうします。今、何も持ってきていないですよ」俺は横に並びながら、言う。銃は車の中に置きっ放しであった。

「素手で大丈夫だろうが、素手で」「でもあいつ、車では銃を」

裏側の通路に入り、外に出る。駐輪場があったが、その奥に長身で、細い体の男が立っていた。色のついた眼鏡をかけ、帽子をかぶっている。大きめの服装は、ヒップホップか何かに傾倒しているからか。

「あいつだ」溝口さんは迷わず、まっすぐに向かっていく。

「あいつですか？」あの時、車に乗っていた男とは体型が違うように見えたが、運転席から降り立てば、あんなものなのだろうか。

溝口さんは例によって、何も考えていないのだろう、俺の言葉など耳に入らず、飛び跳ねるようにして近寄り、向こうの男も、まさか入院着で松葉杖の男が、あの時の当り屋だとは思いもしないからか、他人事《ひとごと》の表情で立っていた。

溝口さんは速度を緩めることなく、男に衝突した。正面からぶつかる。不意打ちだったため、男はその場に尻もちをつく。溝口さんもバランスを崩すが、「おっと」「痛《いて》えな」「あらよ」と松葉杖を地面に突き、どうにか転ばずに済んだ。

男が立ち上がろうとしたところを、俺が足で踏んづけた。また、男は倒れる。

俺はすぐに覆いかぶさり、相手の両腕の上に脚をかけ、馬乗りの体勢になった。相手に隙を与えてはならない。もともと痩《や》せているから、力も大したことがない。俺をどかすことはできない。男は体を揺する。

罵《ののし》るような言葉を吐いたが、頬を殴ると黙った。呆気《あっけ》ないものだ。それから俺は、誰かに見られてはまずいと思い、立つことにし、男を引っ張り上げた。立ったまま向き合う。腹をもう一回、殴り、動きをさらに止めようとしたが、溝口さんが俺と男の隙間に割り込んできた。ずいぶん無理やりな入り方だったため、男三人がドミノのように、ぴたりと並ぶようだった。入院着の男を挟むサンドウィッチじみてもいた。気色悪く、俺は退いた。

「おまえな、これ以上、あの人に近づくんじゃねえぞ」溝口さんが迫力のある、低い声で、つまりはいつもの仕事の時の声を発した。

俺もうなずく。「おまえはもう、ただじゃ済まねえぞ」

男は頬を引き攣らせる。明らかに弱腰になっており、どうにか自分の内側から戦意を湧き上がらせようとしてはいたが、結局は観念したのが、見て取れた。

予想以上に大したことのない敵であることに、俺は拍子抜けと安堵《あんど》を覚えた。

「いったいどういう関係が」男は怯えながら、俺たちを訝《いぶか》るように指差す。

「どういう関係も何も」俺は横に出て、溝口さんと並ぶ。顔を近づける。「おまえ、何をすっとぼけたこと言ってんだよ」と男の腕をつかみ、後ろに回した。「溝口さん、連れて行きますか」

「まあな。ただ、今日のところは許してやるか」

「え」何を言ってるのだ。この男をどうするかは毒島さんの判断を仰ぐ必要があるし、少なくとも、許すなんてことは絶対にしてはならない。

「いいか、もうあの人に近づくんじゃねえぞ。今まで俺たちは遠慮してたけどな、これからはちょくちょく、様子を見に来る。というか、おまえのやり方は俺たちからすれば、まだまだ甘いんだよ。素人くさくてやってられねえし、腹が立つ。俺たちみてえなプロフェッショナルからすれば、おまえのは、ごっこ遊びでしかねえよ」溝口さんは興奮していた。

男は腰を引き、「すみませんでした」と謝った。

「すみませんで、済むわけねえだろうが」俺は言ったが、溝口さんは、「分かりゃいいんだよ」などと口走った。

結果、男はほとんど這《は》うようにして去って行った。

逃げられてなるものか。

追いかけようとした俺の前に、松葉杖が出てくる。

「何するんですか、溝口さん。逃げられますよ」

「まあ、あんな具合でいいだろうが。しょせんは、ただの金に困った弱い者いじめなんだからな。俺たちみてえなプロが出てくれば、もう来ねえよ」

「弱い者いじめ？」

「どうやらな、どっかの駐車場で、今のあいつの車にぶつけちまったらしいんだ。かすり傷だったんだが、そこから、あの男は修理費を出せ、首が痛むから慰謝料を払え、と脅してきたわけだ。まあ、俺たちがいつもやってる当たり屋と似たようなもんだ」

「何の話ですか」

「訳が分からねえうちに、あいつから金を借りることになって、利息だ何だと毟《むし》り取られてる。で、返せなくなってくると、嫌がらせで、この職場までちょくちょく来るようになったらしくてな」

「だから」俺はさすがに尖《とが》った口調になる。「誰の話してるんですか」

「さっきの、佐藤さんに決まってるだろうが」溝口さんも喧嘩《けんか》口調になる。

「佐藤さんって、誰ですか」

「おまえも会っただろ。病院で清掃しているおばさんだよ」溝口さんは当然のように言い、建物を振り返る。

「毒島さんじゃなくて？」

「何で毒島さんが、あんな、因縁つける奴に脅されて、病院のリネン室でしくしく泣かなきゃいけねえんだよ。高田、おまえ、毒島さんのこと馬鹿にしてんのか」

俺はどう反論すべきなのか悩んでしまう。「ようするに、溝口さん、リネン室で泣いてる清掃のおばさんを見つけて、相談に乗ってやったってことですか」

「それ以外に何があるよ」

「いや、それ以外に、いろいろありますよ」話の流れからすれば、毒島さんに関する出来事としか思えないではないか。

「高田、だいたいな、おまえだって今の男が、この間の車の男とは違うってことくらい、見て、分からなかったのか？」

「まあ、違和感はありましたけど。あれが犯人だ、と思い込んだら、疑う気持ちは出てこないものですよ」

＊

「溝口さん、それにしても、清掃のおばさんに貸しを作って、何かいいことあるんですか」二人で並んで、病院へ戻りながら訊ねた。

ひょいひょいと松葉杖で進む溝口さんは、「人助けだよ」と言う。自分で口にしながらもくすぐったそうだ。

「そんなことあるわけないでしょ」

「まあな」溝口さんはすぐに認める。「でもまあ、最近、よく思い出すんだよ」

「何をですか」

「岡田がな、この仕事を辞めるって言い出した時に、『俺の仕事って、相手が泣きそうな顔になるじゃないですか』『相手がつらそうにしてるのを見るのって、あんまり楽しくないんですよ』とか溢《こぼ》したことがあってな」

「まあ、溝口さんの仕事は、相手の嫌がることですからね」なるほど、岡田という男は、理想論ばかり吐く熱血青年のようだったのか、と俺は想像する。

「当時は俺も、楽しかったら、仕事になんねえだろうが、って笑ったもんだ」

「それを思い出すんですか」

「どうせなら、つらい顔をさせない方法もあるんじゃねえか、と思いはじめたんだよ」

「どういうことですか」

「相手の弱みを突いたり、ミスにつけ込んだりするんじゃなくてな、相手を喜ばせて、貸しを作ろうってことだよ」

俺は笑い飛ばしそうになるのを堪えた。「そんなにうまく行きますかねえ。人ってのは、恐怖や不安で行動しても、感謝の気持ちではそんなに動かないですよ」

「まあな」溝口さんは裏口の小さな段差を上る。「でも、試してみる分には構わねえだろ」

「そんなの意味あるんですかねえ」俺は言った。相手がつらそうなのが嫌だ、であるとか、誰かを喜ばせる、であるとか、そういった生ぬるい発言が俺には耐え難かった。溝口さんのことを今まで、大雑把で単純な男だと考えていたが、それだけではなく、中途半端に甘い人間となりつつあるのだとすれば、失望を覚えずにはいられない。栄養のない野菜と似ている。「少しでも栄養があると聞いたから、うまくもないけど食っていたのに」という気分だ。

毒島さんが無事に退院したあかつきには、溝口さんと働くのはやめさせてもらったほうがいいかもしれない。

「意味とかそういうのは、どうでもいいんだよ」溝口さんは言う。建物内に入るために、ドアを開けようとしたが、ちょうど内側にいた看護師が駆け寄ってきて、ドアを引いてくれた。

溝口さんが調子良く、品のないジョークを投げかけると、看護師が愉快に笑い、「ミッゾー、元気そうだし、早く退院しなさいよ」と言った。「本当はもう、松葉杖なくても歩けるんでしょ」

「とんでもはっぷん、歩いて十分」溝口さんはリズミカルに答える。

「何言ってんだか」と看護師は楽しげに首を捻《ひね》る。

それから溝口さんは、「あ、この間、言っていたクワの実のケーキ、買ってきてくれよ」と頼んだ。

「入院患者に買ってきたら、怒られるよ」

「まあ、そう言うなよ。あ、というか、この高田に食わせるからよ」

「俺、甘い物、駄目ですよ」と言うが聞き入れられない。

エレベーターホールまでの道のりで、溝口さんは、「おまえさ、飛べても八分なら、歩いても変わらない、とか言ってただろ」と口元を歪め、俺を見た。

「まあ、二分違いですからね。大差ない、ってことじゃないですか」

「この間も言ったけどな、そういう問題じゃねえんだよ」

「どういうことですか」

「二分しか変わらないとか言ってもな、俺なら飛ぶぜ。飛べたらやっぱり、嬉しいだろうが」

「そういう話じゃないですよ」

「たとえば、ほら、最近の若い奴らはどうせ、女を口説く時もメールを使ったりするんじゃねえのかよ。『好きだ!』とかよ、指で押して、はい送信、ってなもんだろ」

「そういう人もいるかもしれないですけど」

「それなら、歩いて家まで来た男が、『好きだ!』と直接言ってきたほうが、ぐっと来るだろうが」

「相手によりますよ、きっと」俺は答える。今の時代、男が突然、家まで来ることは、感動よりも恐怖だ。

「だけど、それよりも、だ」溝口さんは自分の演説に興奮しているのか、俺の合の手をほとんど聞き流している。「いいか、高田。歩いてくるんじゃなくて、男が飛んできたら、どうよ」

「どうよ、って」

「空飛んできて、『好きだ！』と言ってきたら、これはもう、付き合うしかねえだろうが。俺ならすぐに裸になって、抱き付くぜ」

「空を飛んできた男が、『好きだ！』と叫びながらやってくるなんて、想像を絶する恐怖体験ですよ。真の意味での、ピーターパンシンドロームってやつです」

「いいか、飛んでも八分、歩けば十分、メールは一瞬。だとしても、飛べるなら飛ぶべきだ。そんな経験、しなきゃ損だろうが」

「はあ」

「八分も十分も大差ねえ、なんて言ってるのはな、『どうせ人間は、死んじゃうんだから何したって関係ねえよ』って言ってるのと同じだろ」

「同じじゃないですよ」

「どうせいつかは死ぬけどな、生き方は大事なんだよ」

はいはい、と俺は聞き流す。もしかすると溝口さんの力説は、乱暴に要約すれば、

「タイムや記録のような結果ではなく、その過程が大事なのですよ」という教えに通じるものがあるのかもしれず、それはそれで悪くない意見に思えるのだが、いかんせん、「二分違いでも飛ぶほうがいいじゃねえか」という子供じみた考えは、受け入れにくい。だいたいが、生き方は大事、などと、もっとも生き方を粗末に扱ってきたような男に、どうして説かれなければならないのか。

病室に戻ると、溝口さんはベッドに横になり、スマートフォンでまた、洋菓子の情報を読みはじめる。

他のベッドはどこも空いている。リハビリにでも行っているのか、それとも喫茶スペースだな、と溝口さんは言った。

「おい、高田、あとで佐藤さんがいたら、もう大丈夫です、と伝えておけよ」

「佐藤さん？　ああ、掃除の。分かりました」

「あとな」「なんですか」

溝口さんは自分のベッド脇からヘルメットをつかみ上げた。「これ、あっちの先生のベッドのところに置いてやってくれよ」

「あの先生さんの見舞い客のヘルメットですよね。何でここにあったんですか」受け取ってみれば中に鍵も入ったままだ。

「たぶん、先生のベッドのほうに置いてあったのが何かの拍子で転がったんだろう。で、病室に来た看護師が拾って、何となく俺の持ち物だと思ったんじゃねえのか」

「鋭い推理ですね」

溝口さんは舌打ちする。「あのな、俺だって頭は使うってんだよ。ヘルメットがここにどうしてあるのか。考えてみれば、いくつか想像はできる。だろ？」

「まあ、そうですけど」

「それも昔、岡田に言われたんだよ。感情的になって、勢いで動くのもいいけど、時には少し考えたほうがいいですよ、ってな」と頭を掻《か》く。

なるほど、と俺は相槌《あいづち》を打ち、ヘルメットを窓際のベッドへと運んだ。

「ああ、俺は何で、岡田にあんなことしちまったのかな」

後ろで溝口さんが、大声で嘆いた。傍《はた》迷惑な独り言だ。懺悔《ざんげ》なら、どこか暗くて狭い場所で、勝手にやってもらいたい。

先生さんのベッドにそっと近づく。ヘルメットをどこに置くか、少し悩んだが、結局、棚の上に載せた。

そして引き返そうとしたところで、ベッドの脇の紙袋が目に入った。

無地の紙袋の中には、丸められた白い服が突っ込まれていた。白衣だろうか。

花言葉に詳しい彼は、実際に、白衣を着て花言葉の研究に勤《いそ》しむ博士なのか、なるほどね、と俺は納得しかけるが、さすがに、花言葉を探求するのに白衣はいらないだろう、とも気づく。

「おい、高田」溝口さんに呼ばれたため、俺はベッドから離れる。

どうして白衣のことをもっと真剣に考えなかったのか、と後悔するのは次の日だ。


翌日、俺がいつも通り、午後の三時に病院を訪れると、珍しく溝口さんはベッドに大人しく寝ていた。聞けば、同室の入院患者は、先生さん以外、退院してしまったのだが、今はその先生さんの姿も見当たらない、とのことだった。「仕方がねえから、大人しく寝てるんだよ」と溝口さんは不貞腐れていた。

「入院生活ってのは、たぶん、大人しく寝てるのが普通の状態ですよ」

「まあな。ああ、でも高田、今日だな」

「何がですか」

「おまえが言ってたじゃねえか。毒島さんはもう歳を取らない、って脅迫文だったんだろ、文面は。明日が誕生日なんだから、狙われるとしたら今日じゃねえか」

その通りだった。果たして、人間が歳を取るのは、誕生日の何時であるのか、厳密に言えば、まさに母親の胎内から外に出た時刻なのか、と考えたくもなるが、一般的に言って、その日になれば歳を取る。

となれば、危険なのは前日である今日、だろう。

「でも、相手は、毒島さんがここに入院していることは知らないですよ」

「まあな。ただ、いつ知ってもおかしくはねえだろうが」

「怖いこと言わないでくださいよ」

「念には念を入れろ。警戒心は大事っつう話だよ。高田、シャクナゲの花言葉知ってるか」

「シャクナゲの花自体、分かりませんよ」俺はふと、人の神経をシャクナゲする、という駄洒落を思いつくが、頭の中で捨てる。

「『警戒心を持て』だよ」

「どうせ、あの先生さんに教わったんですよね」

「先生は本当に、いろんな花言葉知ってるからな。びっくりするぜ。だいたい、キャベツにも花言葉とかあるらしいからな。そりゃもう、花っつうか葉っぱじゃねえか」

キャベツにも花が咲くってことですよ、と俺は言い返そうとしたが、そこで、急に頭に点灯するものがあった。

葉っぱといえば、最近、目にした記憶がある。

あの脅迫状だ。

先日、常務が見せた封筒の中には、一文とともにシールが、緑の葉のイラストが描かれたものが、貼られていた。「あの葉っぱは」

「おい、何の話だよ」

俺はそこで、脅迫状のシールの件を説明した。

「ふうん。そいつは何だ、署名のつもりなのか？」溝口さんが眉をひそめる。「具体的には何のシールなんだよ。野菜か？」

野菜、と言われて俺は、「ブロッコリー」と声に出していた。「そうじゃなかったら、パセリのような」

「じゃあ、パセリじゃねえか？　パセリってのはだいたい、嫌われてるからな。脅迫状の署名にはぴったりだ」

「パセリにも花言葉とかあるんですかね」

どうだろうな、と溝口さんは言い、「先生のところに辞典みたいなのがあったぞ」と窓のほうを指差した。

俺は少し興奮していた。明確な理由はなかったが、発見の予感めいたものを感じていたからだろう。すぐに窓際のベッドへ向かった。

花言葉辞典なるものは簡単に見つかった。手に取ってめくり、「パセリ」の項を探す。

「高田、どうだよ。パセリに花言葉なんかあるのかよ」

　俺は字を追った。パセリには、「祝祭」「勝利」と、どちらかと言えば、前向きで華やかな言葉が並んでいる。が、最後に並んでいる花言葉を見て、「ああ」と俺は呻いた。呻くどころか、背筋が寒くなった。

　すぐに病室から飛び出す。溝口さんが俺を呼んだが、立ち止まっている余裕はなかった。エレベーターへ向かおうと思うが、すぐには到着しない可能性を考え、階段を選んだ。階段を駆け上がる。足が絡まりそうになる。

　段を飛び越すと、先ほどめくった辞典の文字が浮かぶ。パセリの花言葉には、縁起でもない言葉が一つ記されていた。「死の前兆」

　あのパセリのシールには、花言葉としての意味があったのではないか。俺はそう思った。「死の前兆」とは、相手の命を狙う脅迫状に相応しいメッセージだ。

　右足で段を蹴り、数段越えてから、また飛ぶ。ようするに、あの脅迫状を書いた人間は花言葉のことを知っているわけだ。

　となれば、思い浮かぶのは一人しかいない。

　溝口さんと同じ部屋の、あの、先生さんだ。

階段を一挙に駆け上がったため、息が上がる。七階に着いた時には腰を折って、呼吸を整えなくてはいけないほどだった。

「おい、どうした」豹ロボットの男がやってきて、俺に声をかける。同時にボディチェックをされた。

「分かったんです。誰が狙っているのか」俺は背中に銃を持っていたのだが、豹ロボットがすっと取ってしまう。「ちょっと、何するんですか」

「おまえが実は、犯人だったらどうするんだ」

「そんなわけがない」俺は主張するが、まったく聞き入れられない。騒がしいやり取りに気づいたからか、常務が病室から出てきた。「どうしたんだよ、高田」

「いえ、毒島さんを狙ってる男が分かりました」俺はそれから、溝口さんと同室の患者のことを話した。パセリのシールと花言葉のことも話した。

「パセリにそんな意味があるのか。というより、あのシールの絵はパセリなのか？」

「それに、昨日、その男のベッド近くに、白衣の入った紙袋があったんです」

「白衣？」

「この病院内で、毒島さんに近づくのは結構、厄介です。こうやって常務たちが見張っていますし、武器もチェックされる。唯一できるのは、病院のスタッフのふりをすることかもしれません」そうだ、そのための白衣だ。

「なるほど」

「それから、その男の息子夫婦が亡くなっているんです。もしかして、それに関係して、毒島さんに恨みを抱いているのかもしれません」

完全な憶測だったが、その息子夫婦の店が潰れたことに、毒島さんの影響があったと考えることは、それほど突飛ではないはずだ。

「ちょっと待て。落ち着いて話せよ。いいか、毒島さんを狙っているのが、その入院患者ってことなら、そいつが、おまえたちの車にぶつかった相手だったわけだ。おまえたち、顔を見て、気づかなかったのか」

俺はそこで、はっとする。先生さんはもちろん、見舞いに来ていた男も、俺たちが車でぶつかった相手とは違っていた。どういうことか。頭を整理する。「車の男は、毒島さんのこととは関係なかったのかもしれません」

常務は合点がいかない顔で、首を捻る。さすがにそれは無理がある、と俺も思う。

「そうじゃなかったら、あの男はただ、銃を運ぶだけの役割だったんじゃないですか」

俺は口に出す。あの運転手が妙におどおどして、迫力のない男だったことも納得がいく。

実際、とてもではないが、毒島さんを直接、狙う男には見えなかった。「毒島さんを狙うのは、院内にいる男、入院患者ってことじゃないでしょうか。仕事を分担しているんじゃ」

以前、議員を殺害したグループが、凶器を捨てるためにリレーのバトンのようにして、複数人で運んだ、という話を聞いたことがあった。

作業や役割は分担したほうがいい。これは難しい仕事をする際の基本だ。

その時、エレベーターが七階に停まる音が響いた。

いよいよ来たか、と俺は身構える。毒島さんを狙う男があちらからやってくるぞ、と。銃を返してもらおうとしたが、その時には豹ロボットは小走りで、エレベーターホールへ進んでいた。反応が早い。彼はすでに手に銃を握っている。

人影が見えたと同時に、豹ロボットと常務が銃を構えた。

が、そこに現われたのは松葉杖の溝口さんで、自分に向けられた銃口に目を丸くし、「おいおい、何だよ。俺だよ。勘弁してくれよ」とあたふたとし、唾を飛ばした。

俺をはじめ、他の二人も体から力を抜く。がっくりと来たが、安心したのも事実だ。

溝口さんはこういう時にも、周りをめちゃくちゃにする。

溝口さんの体に、豹ロボットが触れはじめた。気を抜かず、生真面目《きまじめ》にチェックを欠かさぬ男は、機械仕掛けそのものに思える。

「おお、高田、ここに来てたか」溝口さんは言う。「急に走っていくから、焦ったぞ。トイレかと思ったんだけどな」

「おまえの同室の男が怪しいらしいぞ」常務が、溝口さんに近づいていく。

そこで溝口さんは、「嘘だろ、あの先生が？　いったいどういうことだよ」と、ぽかんとするものだとばかり俺は思っていたのだが、そうはならなかった。溝口さんはいつもの偉そうな、誇らしげな表情で、「そうか、高田も分かったか」と俺を見た。そして、「いや、実は今、三階のリネン室にいるんだ」と上擦った声を出した。

「リネン室に？　誰が」

「先生だよ。白衣を着て、銃を持っていたから、俺が松葉杖で殴りつけて、リネン室に押し込んだ。看護師にも手伝ってもらって」溝口さんは照れ臭いのか、顔を歪めた。

「看護師に？」

「警察を呼ぶから、閉じ込めておけ、って頼んだ。今、リネン室は鍵をかけてあるから、早く行ったほうがいいな」溝口さんが言うが早いか、豹ロボットともう一人の男が階段に向かった。「ほやほやの、不審者が中にいる」

常務もその後に続いていこうとしたが、それでは毒島さんの部屋には警護がいなくなるからか、足を止めた。

「ここは任せてください」俺はそこで言っていた。考えるよりも先に声が出ていた。溝口さんでさえ、リネン室に敵を閉じ込めて役立っているのだから、俺もそれなりに役割をこなさなくては、立つ瀬がないと思った。「万が一、あのセダンの男がここに来たとしても、俺なら顔が分かると思いますし」

「お、よく言ったな、高田。俺もここにいるぞ」溝口さんが笑った。

溝口さんがいても何の足しにもなりませんよ、と俺は内心で言う。

常務は、俺たちがいれば大丈夫だと思ったわけでもあるまいが、一も二もなくとにかく、敵のもとに行きたいのだろう、興奮したまま階段へ向かい、駆けていった。

俺と溝口さんは、毒島さんのいる立派な病室に向かう。「あ」と俺はそこで声を上げた。

「どうしたよ」松葉杖をつく溝口さんが言う。

「銃を返してもらうのを忘れました」

溝口さんも手ぶらである。途端に不安になった。

⁂

病室に入ると、ベッドの背もたれを起こして座る毒島さんがいた。オーバーテーブルの上のパンケーキのようなものを食べている。

「毒島さん、申し訳ないですけど、ちょっと支度をしたほうがいいかもしれません」と俺は言った。

「どうしたんだ。ああ、溝口まで。ほら、これ美味いぞ」毒島さんは暢気《のんき》なものだった。

「病院に忍び込んでいたんですよ」俺は床を指差す。「毒島さんを狙っているのは、三階の大部屋にいた男でした。溝口さんが閉じ込めましたけれど。他に仲間がいるかもしれませんし」と言ったところで、「ああ」と溝口さんを見た。「あの、見舞いの男も仲間ですかね」

毎日、見舞いに来ていたのも、毒島さんを狙うプランの一環だったのかもしれない。

溝口さんが顔を歪め、首を縦に振った。

「毒島さん、すぐに移動できる準備をしておいたほうがいいです」

毒島さんは堂々たるもので、焦りはまったく見せなかった。皿をどかすと、「そうか。じゃあ、着替えておくか」とベッドから出る。「誰だったんだ、俺を狙おうなんて馬鹿は」

「詳しくは分かりません。ただ、白衣を着てここまで来るつもりだったんだと思います」

「なるほど」

「それに、あの封筒の中の紙にシールが貼ってあったのを知っていますか？　あれはたぶん、パセリの絵だったんです。メッセージが託されていました。花言葉が」

「死の前兆、だろ」松葉杖を突きながら部屋の隅に移動する溝口さんが言ってくる。

「そうです」溝口さんも知っていたのか、と俺は少し見直す思いだった。「だから、花言葉に詳しい男の仕業だったんです」

俺は高揚感に包まれていたのだろうか。そのつもりはなかったが、自分の考えを披露することに酔っていたのか、口が滑るように動いた。

「その男の息子夫婦が昔、ケーキ屋をやっていたそうなんですが、経営がうまく行かずに、命を絶ったらしくて」きっと毒島さんが何か裏で悪さをしていて、それが関係しているんですよ、と続けたかったが、そのまま説明するわけにはいかない。

俺は言葉を探したが、そこに溝口さんが割り込んできた。「高田、そいつは嘘だ」

いったい何を言っているのか、と俺は訝る。

「高田、おまえは頭がいい。昔から勉強ができたタイプだろ」

「何なんですか、急に」

「俺みてえな、勉強ができなくて、全部、面倒臭くて放り出した、いい加減な人間とは違う。おまえは物事をちゃんと考える」

溝口さんは松葉杖に寄りかかり、俺のことを顎で指す。

毒島さんは驚く様子もなく、俺と溝口さんのやり取りを眺めていたが、やがて、入院着を脱ぎ、クローゼットから取り出したスラックスに脚を通しはじめた。

「どういうことですか、溝口さん」

「あのな。昔、岡田がな、お節介で変な作戦を実行したことがあるんだよ」

「また、岡田さんの思い出ですか」

「虐待している父親を懲らしめようっていうんでな、免許証を偽造したり、面倒な手間暇かけて、馬鹿なことをした。金にもなんねえのに」

「成功したんですか」

「さあな。俺もよく分からねえんだけどな。ただ、その時に岡田のやったのは、『それらしく見せる』ってことだったんだ」

「それらしく？」

「人ってのは、それらしい情報を与えられると、勝手に想像して、納得しちまうってことだ。俺もな、だからそれをやってみた」

まったくもって意味が分からなかった。それよりも、病室の外からいつ、敵がやってくるのか、そのことが気になって仕方がない。

「いいか、この面倒臭がりで、何でも適当な俺が頭を絞ったんだぜ。やればできる、ってわけだ」

「だから、どういうことなんですか。早く言ってください」

「いいか、あの先生は犯人なんかじゃねえよ」

「え」

「俺がそう思わせただけだ。なあ、先生の息子夫婦が死んじまってるって情報を、おまえは誰から聞いた？　その息子夫婦のケーキ屋がうまく行かなくて死んだ、って話はどこから手に入れた？　俺だろうが。いいか、俺がおまえに言っただけだ。それらしくな。で、白衣をあそこに置いて、おまえに発見させたのも俺だ」

俺はまばたきを何度もやる。この大変な時に、溝口さんがどうして悪戯《いたずら》めいた言動をしているのか、そのことに腹が立った。どういうことだ。

軽やかな音が鳴った。配膳エレベーターが到着したのだ。溝口さんはすぐ近くに立っていたため、松葉杖を使い、軽やかに寄っていく。「毒島さん、ケーキ届きましたよ」

「ああ、まだ届くケーキがあったか」毒島さんは言う。溝口さんの言葉は、どうにも理解不能で、不審な匂いを発していたが、毒島さんは鈍感であるのか、それとも鷹揚《おうよう》であるからなのか、穏やかだった。

エレベーターのドアを開き、溝口さんは中からケーキ屋の箱を引っ張り出した。ボタンを押すとエレベーターは下に戻っていく。

溝口さんは松葉杖を一つ、その場に立てかける。箱を持ちながら、片足を引《ひ》き摺《ず》り、ベッドの布団の上に置いた。蓋を少し開けると、「クワの実のケーキですよ」と言った。

箱を少し回転させ、毒島さんにも見えるようにする。蓋は少ししか開いていないため、はっきりとは見えぬが、小さな円形のケーキがちらっと覗けた。

「クワの実か。美味そうだな」毒島さんはすでにシャツのボタンを留めたところだった。

俺は先ほどの、溝口さんの話で混乱したままで、質問が山ほどあったのだが、どれから投げつけるべきなのかも分からないで、立っていた。

溝口さんは、俺に、「それらしい情報」を与えたのだという。あの男の息子夫婦が死んだ、というのは嘘だというのか。なぜ、そんな嘘をついたのか。

「高田、おまえは、俺の話やら白衣やらの情報から、先生が犯人だと閃《ひらめ》いた。やっぱり、賢い奴は違うな。ちゃんと物事を整理して、推理ができる」溝口さんが箱から顔を上げる。「俺の見込んだ通りだ」

「どういうことですか」

「おまえはパセリのシールに意味があると言った。でもな、実際、毒島さんもみんな、おまえに言われるまで、パセリの花言葉なんて気づかなかった。そうだろ。花言葉なんて、相手が気づかなければ意味がねえんだよ」

「でも、貼ってありました」

「頭のいい男が、『だから犯人は、花言葉を知っている奴だ！』と発見してくれるように、だよ」

「どういうことですか」

溝口さんはケーキの箱を大きく開ける。「毒島さん、クワの実の花言葉、知ってますか？」

毒島さんも、溝口さんの態度がおかしいことにようやく気づきはじめたのか、顔が引き締まった。怯えや不安はないものの、溝口さんをまっすぐに見つめている。「おまえ、花言葉に凝っているのか」

「先生に教えてもらったからな。クワの実の花言葉は」溝口さんは言ったと同時に、箱の中に手を入れ、そこから取り出したものを前に向けた。銃だ。「『あなたより生き延びる』だ」

⁂

俺は身動きが取れなかった。溝口さんは松葉杖を一つ脇に挟み、もう一方の手で銃をつかみ、毒島さんを狙っていた。鼻の穴を膨らませ、目で相手を食らうような真剣な顔をしている。

毒島さんは立ったまま、溝口さんを見ている。慌てる素振りはない。「溝口、どういうつもりだ」と低い声を放つ。以前、聞いた噂通りだ。赤坂のスイートルーム事件だ。

五人の男に銃を向けられ、丸腰であっても怯まない、それが毒島さんなのだ。

「岡田の仇《かたき》だよ」溝口さんは短いながら、はっきりと相手の頭に刻むように、言った。

「溝口さん、いつから」いつからこんなことを考えていたのだ。

「最初からだよ」

「最初って？」

「高田、おまえも知ってるだろうがな、毒島さんの近くには、いつも誰かがいる。特に俺は昔の件があって警戒されているからな、仇を討つなんて、もってのほかだ。だから、俺は、ない知恵を絞って、考えたわけだ」

「どういう」

「毒島さんを狙っている男をでっち上げるんだよ。で、そいつの顔を知っているとか何とか、とにかく俺が情報を持っていると思わせたら、毒島さんも頼ってくるかもしれねえだろ」

「じゃあ、あの、セダンに乗っていたのは」

「あれは俺が仕組んだだけだ。『俺の車にぶつかった運転手が、たまたま、毒島さんを狙っていました』なんてな、そんな偶然あるわけねえだろうが。銃を持った怪しい男を、俺は目撃する。その怪しい男が、毒島さんを撃つ。俺は、男の顔を知っているから、頼りにされる。そういうシナリオだ。毒島さんが休暇がてらに病院にいることは知っていたからな、うまく行けば病室の警備の役をやらせてもらえるんじゃねえかと期待したわけだ。ただな、やっぱり机の上で考えたことってのは駄目だな。実際はその通りにはいかねえ。まさか、あいつがあんなに乱暴に発進するとは思わなくて、俺はすっ転んじまった。おまけに、太腿を轢かれるとはな。まったく最悪だ。自分でもさすがに笑っちまった」

「あの、セダンに乗っていた男は誰なんですか」

「俺のああいう馬鹿なことに付き合ってくれる奴なんてのはな、限られてるんだよ」

「太田ですか！」

溝口さんは目を細めた。「あれでも痩せたんだぜ」

だからデジタルカメラを壊したのか、と俺は思い至る。俺は、太田に会ったことがなかったが、毒島さんや常務であれば知っている。いくら痩せたとはいえ、面影めいたものを見つけることはできたかもしれない。

その時だ。病室のドアから常務が入ってきた。この事態を察知したわけではなかったらしく、「おい、溝口、リネン室ってのは、どこの」と言いながら、つまりまるで不用心のまま、中に入ってきたのだ。

溝口さんはまったくためらわなかった。

銃口を素早く向け、機械さながらの動きでドアに移動し、それと同時に銃声が鳴った。

常務が太腿を押さえ、倒れる。常務は何が起きたのか分からないのか、呻き、床に前かがみになりながら、周囲を見渡している。

「高田！」溝口さんが大声を出した。

「はい」俺はその迫力に吞まれていたのだろう。今まで、だらしなく、考えなしに行動しているとしか思っていなかった溝口さんが別人に見え、ようするにそれは、俺の主観がことごとく、的外れであった証拠であるから、自分を信じることができなくなっている。

「ガムテープで縛っておけ」溝口さんはすでに、銃を毒島さんに向け直している。

「え」

「いいから、ガムテープでそいつを縛れ」

「やれるわけないですよ」と言った俺に、溝口さんはすぐに銃口を向けた。

「高田、銃は一丁しかねえからな。悠長におまえに向けてると、毒島さんが自由になっちまう。だから歯向かうようならおまえもすぐに撃つしかねえぞ。いいか、三秒しか待たねえからな。一、二」

俺は、「はい」と返事をし、すぐ横の棚に置かれているガムテープを手に取った。常務の両手首を後ろに引っ張る。

「おい、高田、おまえ何してんだよ」常務が痛みに顔を歪めながら、言ってくる。怒っているのではなく、状況が分からず、何が起きているのか、と悩んでいる。

やはりここで、溝口さんの言いなりになってはいけない、と俺は思う気持ちもあった。が、溝口さんがさらに、「また三秒数えるぞ」と声を上げると恐怖に襲われる。目の前の、体から血を流す常務の姿があるせいで、俺の身体が怯えていた。すみません、と謝り、常務の口にもガムテープを貼る。

「安心しろ。ここは病院だ。それくらいならすぐ治してくれるって」溝口さんははっきりと言った。

「溝口、どうするつもりだ」毒島さんが言った。

「悪いけど、毒島さん、ここで撃って、復讐《ふくしゅう》は終わりだ。俺はここから逃げる」

「溝口さん、逃げるってどうやって」

「原付の鍵はもらってきた。あのな、今日は花言葉好きのあの先生には別病棟で休んでもらってんだ。ちょっとでたらめの用事で、お願いしてな。だから、毒島さんの部下たちはしばらく、先生たちを捜して、うろうろするだろうな。やっぱり、岡田の言った通り、人に物を頼むには、脅しよりも、『親切』だよ。良くしてやれば、良くしてくれる」溝口さんも緊張があるのだろう。舌が回らないところもある。「この銃だってな、下からエレベーターで届けてくれる人がいるわけだ」

「誰だ」毒島さんが訊ねる。

「高田、おまえのおかげで感謝されたんだぜ。助かった」

何のことか。思い当たったのは、清掃のおばさんの件だ。俺は、あの女にまとわりついていたという男を追い返した。溝口さんはそれのかわりに、「ケーキの箱をエレベーターで上に運んでほしい」と頼んだのか。彼女にしても、まさか箱の中に銃が入っているとは思わないだろう。それくらいであれば、と引き受けてくれた可能性は高い。

「原付って、溝口さん、松葉杖ですよ」

「おまえが運転しろよ」

「メットなしの二人乗りなんて、すぐに捕まりますよ」

「まあな」

溝口さんは逃げるつもりはないのではないか、と俺は思った。口では生き延びるようなことを言いながらも、復讐を完遂したらあとはどうでもいい、と考えているのかもしれない。

「溝口、おまえ、こんなことしてどうするんだ」毒島さんは落ち着いていた。諭すわけでもなく、出身地でも確認するかのような言い方をしている。

「俺は後悔してんだよ。あの時、岡田に責任をおっ被《かぶ》せちまったことを。岡田はいい奴だったからな。面白くて、いい奴だった」

「面白くて、いい奴だった。それだけで、おまえは自分の人生を台無しにするのか。いいか、溝口、ここでやめれば、全部なしにしてやる」毒島さんはそこで言った。「俺は、おまえが嫌いじゃない。あの、おまえが俺のところから抜けようとした時だって、おまえが、全部岡田のせいにしようとしているのは、分かっていた。なのに、俺は、おまえを生かしておいた。なぜだか分かるか。もともと、おまえを買ってるんだよ」

「口から出まかせだ」

毒島さんはゆっくりと歩みを進め、ベッドを回り、溝口さんへと近づいていく。

「今日は、ますますおまえを見直した。ここでやめれば、全部なかったことにする。おまえはどこかでゆっくり、暮らせよ。俺たちは、おまえとは関わらない」

「岡田は帰ってこないけどな」溝口さんが引き金の指に力を込めるのが、俺にも伝わってきた。また、銃声が鳴るのか。

「おまえと岡田なんて、せいぜい数年の付き合いだっただろうが。そんな奴のために、無茶する意味があるのか」

「意味とか関係ねえんだよ。八分でも十分でも、飛べるなら飛ぶんだよ。損得じゃなくて」溝口さんは呪文《じゅもん》のようにぶつぶつ言った。

「飛べるなら飛ぶんだよ、ってのは威勢がいいな」毒島さんは、溝口さんと向き合う。数メートル離れて向き合っている。俺はそこで毒島さんが裸足《はだし》であることに気づいた。スリッパを履いているが、靴下はない。思い浮かぶのは、あの逸話、足の裏に隠した剃刀の刃で、五人を切ったという、あれだ。

溝口さんにそのことを伝えよう、と思うが恐怖からなのか、声が出ない。

そうこうしているうちに溝口さんが口を開く。「それに、毒島さん、実は、岡田とは長い付き合いだったんだ」と半笑いの顔になった。

毒島さんが眉間《みけん》に皺《しわ》を作る。「どういう意味だ」

「太田に調べさせたら、たまたま分かった。出会った時から数えれば、二十年近くでね」

二十年前？　いったいいつの話をしているのか。俺には、その意味が理解できなかった。

「岡田の人生を駄目にしちまうなんてな、後悔、先に立たずだ。俺にできるのは、こうやって復讐することがせいぜいだけどな」

そこで毒島さんは、「分かった」と言った。覚悟を決めたのか息を吐くと、胸を張り、まさに撃つなら撃て、の思いに満ちた姿勢を取った。

これで決着がつくのか、と俺は思うが、一方で毒島さんが今にも、「溝口の後ろにいるのは誰かな」と気を逸《そ》らす言葉を発し、溝口さんが反射的に後ろを振り返る光景を想像した。つまり、赤坂のスイートルームでの出来事が再び起きるのではないか、と。

が、毒島さんが言ったのは予想とは異なる台詞だった。

「岡田が生きているとしたら、どうする」

溝口さんはもちろん、怒った。「そんな出まかせを言って、時間稼ぎだろうが」とはいえ、溝口さんが発砲できないでいるのも事実だ。

主導権が毒島さんに移っていた。

電話の着信音が鳴った。俺のスマートフォンではない。溝口さんも動かない。常務の服の中から、聞こえてくる。やがて音が消えた。静かになる。が、すぐに次は、毒島さんの携帯電話が鳴りはじめた。ベッドの上に置いたままだ。

「たぶん、下の階に行った者たちからの電話だ。俺が出ないと、慌ててやってくるぞ」毒島さんが言う。

溝口さんは、「電話に出て、何もない、と言ってくれ。余計なことを口にしたら、撃つ」と銃を振った。が、それは明らかに、脅し文句に過ぎなかった。今、この時点で、溝口さんには撃つ決心はつかない。

「安心しろ。俺もここで邪魔が入ってほしくはない」毒島さんは言うと、ベッドに手を伸ばし、電話に出た。「ああ、そうだ。こっちは大丈夫だ」と応対している。「どうやら怪しい奴らが病院からタクシーで逃げたという話もあるらしい。おお、そうだ。だから、ちょっと外を見まわってくれ」

電話を切ると毒島さんは、「これでまだしばらくは誰も来ない」と言い、何事もないかのように、「あの時は」と話を続けた。銃を前にし、死のすぐ近くに立っているにもかかわらず、平然としている姿には、驚くほかなかった。「実際には俺は、溝口、おまえたちを殺すつもりはなかった。というよりも、それほど怒っちゃいなかった」

「馬鹿な」

「ただ、おまえたちを許したら、示しがつかない。そうだろ？　大勢の人間をコントロールするのは、実は骨が折れるんだ。でな、俺はあの時、岡田に一つ提案をした」

「提案？」

「二度と姿を見せないで、どこかで暮らすんだったら、大目に見る。とな」

「で、岡田はひっそりと平和に暮らしているのでした。めでたしめでたし。なんてな、そんな話が通用すると思ってんのか！」溝口さんは先ほどよりも明らかにうろたえている。「もしそうだとしたら、岡田はどこで、何やってんだよ」

「詳しいことは知らないが」毒島さんは言った後で、少し頬を緩めた。「何を食ってるかは知っている」

「何を食ってるか？　どういう意味だ？」

「溝口、おまえにも教えてやったじゃないか」

俺には、毒島さんの言葉の意味が分からなかったが、溝口さんも同様らしく、敵の妖《あや》しい魔術に引っかかるまいと体を強張《こわば》らせているようだ。

「いいか、あれは俺の優しさだ。岡田の行方は言えないが、おまえにも岡田が無事だってことは教えてやりたくてな」

「何の話なんだよ」

そこで俺のほうが先に、ぴんと来た。「溝口さん、あれじゃないですか」

「あれって何だ」

「『食べ歩き日記』ですよ！」

「はあ？」溝口さんが、俺を睨む。それから、「え、嘘だろ」と困惑を顔に浮かべる。

毒島さんが首肯するのが見えた。「あれを更新してるのが、岡田だぞ」

自分で言い当てながらも俺は、「本当に？」と訊き返したくなる。

「あれを更新しているのは、サキさんだ」溝口さんは吐き捨てるように言った。

「ある時、岡田が俺のところにメールを送ってきた。おかげで無事に生きて、甘い物を食ってます、ってな。サキってのは、どこかで知り合った女の名前じゃないのか」

「そんなわけあるか」溝口さんが強く否定したのは、もちろん、毒島さんの言葉があまりに信じがたいせいでもあるのだろうが、一方で、若い女だとばかり思っていたサキさんが岡田である、という事実を受け入れたくなかったからかもしれない。

「おい、高田」溝口さんは銃を構えたまま、俺を呼んだ。「今すぐ、あの『食べ歩き日記』を開け」

「え？」

「おまえのスマートフォンで、あのページを見ろ。で、メールしろ。確かめろ」

そんな。俺は呆れて、声を出す。そんなことをしているうちに、ここに警察かもしくは豹ロボットが来るのではないか。決着をつけるなら、時間はない。が、俺はその間にも、おろおろとスマートフォンを取り出し、ブラウザを起動させると、溝口さんの言う文言で検索をし、ケーキの写真が掲載されたその「食べ歩き日記」を表示した。急いで、画面を見る。「メールアドレスはありましたけど」

「高田、すぐに送れ」「何をですか」「メールだよ。もし、岡田なら返事を送ってこいってな」「そんな」

「サキさんは、コメントの反応、早いんだよ。メールもすぐに返信してくる」溝口さんは依然として、サキさん、と呼ぶ。「三分だ。三分待って、何もなければ、撃つ」

「でも何て打てばいいんですか。溝口です、と打ちますか。でも、それだと誰かが溝口さんの名前を騙《かた》って、鎌をかけてるんじゃないかって警戒されるかもしれないですよ。だいたい、これが岡田さんじゃなかったら、すぐに無視されるでしょうけど」

「じゃあ、こう打て」溝口さんが早口で言う。「『友達になろうよ。ドライブとか食事とか』」

「え、何なんですか」

「最後に岡田といた時に、そういうメールを打ったんだよ。覚えてるかもしれねえ」

「忘れてますよ、そんなの」

「じゃあ、『子供作るより、友達作るほうがはるかに難しい』ってのも足せ」

品がない言葉ですね、と俺は口に出していた。そしてそれから、今までの人生で、これほど必死に電話を操作したことがない、というほどの必死さでスマートフォンの文字を押す。こうなった以上、自棄くその気持ちもあった。もはや、溝口さんに従うしか俺には道がないような状態だった。「俺のメールアドレスからになっちゃいますけど、しようがないですよね」

送信と同時に、俺の打った文章を携えた鳥が、羽根をぱさっと広げた途端、姿を消し、遠方へと飛び立つ、そういった光景を俺は見たような気がした。

病室はしんとした。ガムテープで口を塞がれた常務も呼吸は荒いものの、無言だ。

「三分しか待たねえぞ。三分経ったら、教えろ」溝口さんが言う。

「そんなにすぐに、連絡来るとは思えませんよ」

「まあ、いいだろう」毒島さんは達観した言い方をした。「それに賭けるのも、面白い。

もし、岡田から三分以内に連絡がなければ、俺も諦める。溝口、おまえは俺を撃て」

「言われなくてもそうする」

「もし、連絡があったら？」俺は思わず、口出しをしていた。

毒島さんが手を少し広げた。「さっきも言った通り、おまえが撃たなければ、俺は、おまえたちを自由にする。好きにすればいい。どこかで楽しく暮らせばいい」

それを信じていいものなのか。

溝口さんが口を開く。「その時は、どこかでずっとバケーションでも満喫してやるよ。俺の人生、残りは夏休みだ。宿題なしでな」

時刻は過ぎていく。俺はスマートフォンを睨み、ひたすら念じている。メールよ来い。

毒島さんが尻のあたりを掻いた。溝口さんがびくっとし、銃を突くようにする。

「動くな。俺も毒島さんのあの話くらい、知ってるんだ。足の裏に刃物を隠して、五人を切ったってのは」

溝口さんも知っていたのか。

「あれは嘘だ」毒島さんが手を少し広げ、嬉しそうに笑った。

「そうなのか」

「五人じゃなく、六人だった」

ちっと溝口さんは舌打ちをする。「今、こういう時に、そういうこと言うかねえ」と感心しつつ、「毒島さん、あんたやっぱり、すげえな」と口元を緩めた。

「俺も、おまえが嫌いではないんだ」

毒島さんが何を考えているのか、俺にはまったく把握することができない。

「おい、高田、メールが来る気配はねえのかよ」

「あと一分です」

「飛んでこねえのかよ」

「飛行機じゃないんですから」

「飛んだら八分、歩けば十分、メールは何秒だよ」

「一瞬です」そう答える俺の鼓動が速くなっている。一瞬か、もしくは永遠か。

体の中で太鼓が打たれ、弾むかのようだ。

前を見れば、溝口さんがしっかり銃を構え、毒島さんと向き合っている。

「おい高田、どうだ」溝口さんが叫ぶ。

ちゃらん、とスマートフォンが鳴った。

焼き肉屋だったら承知しねえぞ。

解説

佐藤正午

小説とはストーリーを楽しむもの、とは言い切れない、ストーリーなら映画にも漫画にもある、小説には、小説ならではの面白さがあるはずだ、つまり、書き手の側に立てば、小説には、ストーリー以外にも、小説を面白くするための武器がある、そういう意味のことを、伊坂幸太郎はあるところで書いている。

ここでいうストーリーとは小説の筋のことで、それ以外の武器といっても小説の武器は書かれた文字、文章でしかあり得ないから、要は伊坂幸太郎は、面白い筋立てを考えつくのも大事だが、それが作家の仕事のすべてではない、考えた筋をどう文章に書いて人に読んでもらうか、そのために趣向を凝らす必要がある、と述べているわけだろう。正論である。反対するつもりはない。

ただ、それを読んだとき、僕は最初、ほんとかよ？　と思った。

ほんとかよ？　というのは、ちらっと頭をよぎったのだが、そこに書かれている正論に対してではなく、正論を書いている作家のほうへの疑念である。言葉にすればこうだ。

伊坂幸太郎、これ、本気で書いてるのか？

なぜそんな失礼なことを（ちらっとでも）思ったのか、理由から入る。

第一に、この点に異論をはさむ人は誰もいないと思うけれど、伊坂幸太郎の小説のストーリーは断然面白いからである。なんといっても、ある朝主人公が目覚めたら、地図にも載っていない孤島にいて、その島で人間と案山子が殺される事件に巻き込まれるという、なんだよそれ？　そんなのありか、なめてんのか、みたいな、ところがいったん本をひらくと奇抜な設定の物語にぐいぐい引き込まれて読まされてしまい、恐れ入りました、そんな大胆不敵な小説でデビューした作家なのだ。しかもその後も数々の、多彩なストーリーの小説をものにしてヒットを飛ばし、いまや読者の圧倒的支持を得ている作家なのだ。伊坂幸太郎、ほかに武器が要るか？

第二に、その正論、すなわち、作家としてまっとうな姿勢の、そのまっとう側へ傾きすぎの姿勢が、どうも伊坂幸太郎には似合わないような気が（ちらっと）したからである。いわせてもらえば、一人娘をサイコパスに殺された夫婦の復讐譚、復讐譚であるからには深刻にならざるを得ないはずのところへのっけから、ママチャリに乗った死神を登場させるという、なんだよそれ？　あいた口がふさがらないわ、やっぱりなめてんだろ、同業者の諸先輩がたを、みたいな、ところが読み出したからにはもう止められず、時折くすっと笑わされながらも最終的に復讐は復讐で成し遂げられているのを見届けてしまい、お見事、そんな離れ業の小説を書いてしまう作家なのだ。いわば、まっとうが逆立ちしたような小説を現に書いているわけだから、たとえば異端とか、異端は語弊があるなら新機軸とか、奇想天外とか、いっそ物語の革命とかの評価に値する作家なのだ。そんな作家が姿勢を正し、お行儀のいい、正論を述べている。伊坂幸太郎、どうかしちゃったの？

以上が、ちらっと疑念が頭をよぎった理由である。

が、もちろん、伊坂幸太郎は本気なのだ。

まっとうは逆立ちさせるわ、読者はとりこにするわ、文学賞は受賞しちゃうわの、なにしろ当代随一の作家が、もし、たったの一行でもだが、心にもないことを書いているのだとすれば、世も末だろう。人はいったい何を信じて本を読めばいいのだ。

小説の武器はストーリーだけではない。伊坂幸太郎は本気でそう考えている。

でここから、本書『残り全部バケーション』について、その本気を見てみよう。

まずこの小説では、区切られた場面ごとに、その頭に、1から始まる数字ではなくイラストが配置してある。黒塗りの、影絵のような、小さなイラストが頁を飾っている。あたりまえだがこれは小説の武器ではない。伊坂幸太郎作品に押されるスタンプみたいなものである。イサカじるしの小説、ということだ。さっき触れたデビュー作にも、マチャリに乗った死神の登場する作品にも同様のスタンプは押してある。ほかの多くの作品にも、例外を探すほうが早いくらいに、押してある。

　イサカじるし、といえばいかにも商品ぽくなって味気ないから、仮に小説が伊坂幸太郎からの読者への贈り物だとして、この本にある自動車だのランドセルだののイラストは（文庫の装幀やカバーのデザインこみで）贈り物を読者に届けるさいのラッピングの一部、お洒落な包装紙の模様、と見なすことができるかもしれない。

　あるいは、武器という言葉にこだわるなら、読者を射程にいれるためのイサカ的戦略とも言えるかもしれない。ただ文章だけ印刷された小説なら素通りする読者を、なにこのイラスト？　可愛い！　と思わせて、文章にまで踏み込ませて、つまり至近距離まで引きつけて、生け捕りにする。そういう囮の役割をひょっとして担っているかもしれない。まあ、どっちにしても小説の武器とは呼べない。これが武器なら世界じゅうの小説はイラストだらけになる。

　この小説は五つの章から成っている。

　第一章の「残り全部バケーション」はこう書き出されている。

「実はお父さん、浮気をしていました」と食卓で、わたしと向かい合っている父が言った。
両親と娘の家族三人、食卓を囲んで秘密の暴露大会の真っ最中である。そこへ父のP

HSに「友達になろうよ」とメールが届く、誰とも知れぬ人物から。なんだそれ？場面変って、次に、そのメールを送信した側のストーリーが語られる。溝口と相棒の岡田、小説の重要な人物がここで出てくる。

実はこの、小説が始まってまだ二つ目の場面に、早くも伊坂幸太郎の本気が読み取れる。イサカじるしの本気が、いくつか。

なにより、奇妙なメールを受信した冒頭の場面からこの二つ目の場面へ、ストーリーはすんなりと連結しない。冒頭の場面をA、二つ目の場面をBとすると、Aは「友達になろうよ」の奇妙なメールにYESの返信をする直前まで書かれているので、BはそのYESの返信を受信するところ、もしくは、メールを送信してYESの返信が来るか来ないかじりじり待っているところが書かれる。すんなりと連結するとそうなる。なるだろう。というか読者はそういうストーリーの進行を待っているはずだ。

ところが伊坂幸太郎は裏切る。二つの場面は時間的なずれを含んで嚙み合わされている。そのせいで最初、話がどこへ飛んだのか方向感覚を見失い、ん？と宙吊りの気分を味わわされる。いささかの不安と、疑問も生じる。どこへ連れていかれるのか？でも書かれてあることは面白いので読んでしまう。読めば、ストーリーの嚙み合い方は見えてくるのだが、場面がAからBへ進んで即座に見えるようには、書かれていない。いったん宙吊りがあって、不安、疑問を経て、のちに納得が来る。なんならサスペンス、スリル、ミステリー、謎解きと言い換えてもいい。で、この、すんなりとはいかない場面の連結法を、ということはつまりストーリーを文章化するための趣向を、もっと大仕掛けに適用すれば、一見掛け離れて見える登場人物のストーリーがなんやかんやで最終的にきっちり一本に束ねられる、なんだよおい、ほれぼれするぜ、みたいな、伊坂幸太郎の読者にはすでにおなじみの「群像劇」とも呼ばれる長編小説に発展するだろう。

あと、Bの場面で登場する二人組、これもイサカじるしだ。コンビによる掛け合いは伊坂幸太郎の幾多の作品に描かれている。殺し屋の出てくるシリアスな（はずの）小説にも、まるで漫才やコントの台本を導入するかのように、二人組のおかしな会話がまぎれ込ませてある。小説の間口を広げるための趣向だろう。さらにここに登場する二人組のひとり、岡田青年、彼が場面Bの語り手だが、この人物設定も独特である。伊坂幸太郎の小説にはたいがい救いようのない悪玉が出てくる（本書でいえば、第二章「タキオン作戦」の息子を虐待する父親とか）。でもその悪玉と対決する主人公・語り手は決して善人ではなく、罪のない一般市民でもなく（なにしろデビュー作の主人公はコンビニ強盗だし！）、じゃあどう言えばいいのか、本書第二章の岡田自身の台詞を借りれば「苺味とレモン味みたいにラベルが貼ってあるわけじゃない」もの、どうとも表せないもの、複雑な味わいのもの、けど憎めないキャラクターである。悪いことをしてるのに、ものは書きようで（当然コンビの掛け合いの会話がここで効いてくる）、憎めない人物と読ませてしまう。そう読ませてしまえば、もう小説は「レバーをドライブに入れたオートマ車」みたいに自然に前へ進むだろう。伊坂幸太郎、本領発揮だ。さて、そこで、と、たとえば第一章の終盤、人がすっかりはけたあとパーティ会場の片隅のテーブルに居残っているような物寂しさが、そんな情景とは無縁の書き方がされているのに心に沁みてくるとか、第二章での、息子を虐待している父親を騙そうとする企みが、嘘を本当に見せるという意味で、伊坂幸太郎が小説を書く、その現場の作業とぴったり重なるんじゃないかとか、もっと（詳細に）指摘したいこの小説の読み所はあるのだが、枚数の都合もあるし、そうのんびり構えるわけにいかない。この先は、一点に絞って急ぐ。

メールの返信の件だ。

第一章、冒頭の場面終わりで返信されることになるメール、それを受信した溝口・岡田側の反応は小説に描かれていない。伊坂幸太郎ならいくらでも面白く書けるはずの場面がなぜ書かれていないのか、正しい答えは本人に訊いてみなければわからないし、書かないのが正解かどうかも僕には判断がつかないけれど、ただ可能性としてなら、この省略は、この小説のラスト、こんな小気味いい締めくくりを用意できる同業者がほかにいるか？ と感嘆するしかないラスト数行、その名場面と呼応しているかもしれない。

そこでも溝口はメールの返信を待っている。

そしてメールは返ってくる。

で、肝心のそのメールに対する反応は再び省略されるわけだが、本書『残り全部バケーション』を最終章まで読んだ人には、次のように想像する権利が与えられる。

返信メールを見た溝口は「泣きべそをかく子供のような顔つきになる」だろうし、加えて、さらにもう一点、第一章でメールをきっかけに知り合った岡田と家族三人、厳密には元家族三人、彼らの交流はたぶんずっと続いているだろう。なぜなら、この小説は最後の最後に、メールの着信音を聴かせることで、読者に（それまで伏せられていた）幸福なストーリーを贈り届けるような趣向で書かれているからだ。

伊坂幸太郎はちゃんと前もって手をほどこしている。省略して、小説に書かないように見せて、実のところ、巧みに、第一章から岡田の運命をほのめかしている。ホテルのレストランで家族三人と食事をとったあとの、デザートを口にする場面、ほんの何行かで。

これを端的にいえば伏線だが、この作家がやっているのは、単なる辻褄合わせではない。くだくだ蛇足を書き並べることなしに、第一章の後日談から、重要な登場人物の生死の謎まで、つまり書かない部分も含めたストーリーの全体像を（ただメールの着信音を鳴らすことによって）ラストで一気に繰り広げて見せてしまおうという試み、勇気あるなおい、読者に全幅の信頼を置いてるな？　みたいな、余人に真似のできない小説の書き方である。言い換えれば趣向は存分に凝らされている。ちらっとでも疑う余地はないと思う。伊坂幸太郎、誰よりも本気だ。


（さとう・しょうご　作家）

参考文献

『タイムマシンがみるみるわかる本［愛蔵版］』佐藤勝彦監修　ＰＨＰ研究所

初出

残り全部バケーション　『Re-born　はじまりの一歩』収録

（二〇〇八年単行本／実業之日本社）

タキオン作戦　「紡《つむぐ》」Vol.1（二〇一〇年／実業之日本社）

検問　「小説新潮」二〇〇八年七月号

小さな兵隊　「小説すばる」二〇一二年十一月号

飛べても8分　書き下ろし

本書は、二〇一二年十二月、集英社より刊行されました。

集英社文庫

残《のこ》り全部《ぜんぶ》バケーション

2015年12月25日　第1刷
2016年6月6日　第3刷

定価はカバーに表示してあります。

著　者　伊坂幸太郎《いさかこうたろう》

発行者　村田登志江

発行所　株式会社 集英社
東京都千代田区一ツ橋2-5-10　〒101-8050
電話　【編集部】03-3230-6095
【読者係】03-3230-6080
【販売部】03-3230-6393(書店専用)

印　刷　凸版印刷株式会社

製　本　凸版印刷株式会社

フォーマットデザイン　アリヤマデザインストア　　マークデザイン　居山浩二

ISBN978-4-08-745389-8 C0193